生き残りゲーム

ラストサバイバル

つかまってはいけないサバイバル鬼ごっこ

大久保開・作
北野詠一・絵

集英社みらい文庫

ラストサバイバル 出場選手《しゅつじょうせんしゅ》

ミスターL《エル》
ラストサバイバルの大《たい》会主催者《かいしゅさいしゃ》。世界一幸運《せかいいちこううん》で大金持《おおがねも》ちの謎《なぞ》の男《おとこ》。
長嶋《ながしま》ケンイチロウ
メガネをかけた好青年《こうせいねん》に見えて、少《すこ》しトボけたところが…。
早乙女《さおとめ》ユウ
無表情《むひょうじょう》でもの静《しず》か。不思議《ふしぎ》な雰囲気《ふんいき》を持《も》つ少年《しょうねん》。
木下《きのした》ヒナ
引《ひ》っこみ思案《じあん》な女《おんな》の子《こ》。あきらめない芯《しん》の強《つよ》さを秘《ひ》めている。
阿部《あべ》ソウタ
負《ま》けずぎらいの小《しょう》心者《しんもの》。トラブルにまきこまれがち…。

ミスターL《エル》からの招待状《しょうたいじょう》

ラストサバイバル
サバイバル鬼《おに》ごっこルール

ルール1

参加者《さんかしゃ》は
学校《がっこう》の外《そと》にでてはいけない

ルール2

学校《がっこう》をうろつく「あるもの」に
つかまってはいけない

ルール3

走《はし》って逃《に》げるかかくれるかは
参加者《さんかしゃ》の自由《じゆう》

ルール4

最後《さいご》の一人《ひとり》になった
参加者《さんかしゃ》が優勝《ゆうしょう》

ルール5

優勝《ゆうしょう》すればなんでも
願《ねが》いをかなえてもらえる

学校《がっこう》のろうかを走《はし》るのは、これきりにしようと僕《ぼく》は思《おも》った。

もしこの瞬間《しゅんかん》、ろうかの角《かど》からだれかがぴょんとあらわれたら、よけられる気《き》がしないからだ。

ぶつかって、壁《かべ》とか床《ゆか》とかで頭《あたま》でも打《う》ったら大変《たいへん》なことになる。

それでもいまの僕《ぼく》は、立《た》ち止《ど》まるわけにはいかなかった。

なぜなら僕《ぼく》はいま、夜《よる》の学校《がっこう》で人体模型《じんたいもけい》に追《お》いかけられているからだ。

冗談《じょうだん》でもなんでもない。

理科室《りかしつ》とか保健室《ほけんしつ》とかに置《お》いてある、あの人体模型《じんたいもけい》から、僕《ぼく》はいま逃《に》げている。

正直言《しょうじきい》って最悪《さいあく》だ。

息《いき》はきれるし、床《ゆか》はかたいし、頭《あたま》のなかがパニックになる。

夜《よる》の学校《がっこう》で、人体模型《じんたいもけい》に追《お》いかけられる。

漫画《まんが》とかゲームとかではよく聞《き》く話《はなし》だけど、まさか自分《じぶん》がそれを体験《たいけん》するだなんて思《おも》っ

てもみなかった。

僕《ぼく》の名前《なまえ》は桜井《さくらい》リク。夜《よる》よりは朝《あさ》のほうが得意《とくい》な小学《しょうがく》6年生《ねんせい》。

自分《じぶん》で言《い》うのもあれだけど、他《ほか》の子《こ》とくらべるとけっこうまじめなほうだと思《おも》う。

宿題《しゅくだい》を忘《わす》れたことはあんまりないし、給食《きゅうしょく》だって残《のこ》さず食《た》べる。

夜《よる》の学校《がっこう》にしのびこんだことなんて一回《いっかい》もない。

じゃあなんで僕《ぼく》はいま、夜《よる》の学校《がっこう》なんかにいて、人体模型《じんたいもけい》に追《お》いかけられているのか？

それは、僕《ぼく》がいま**『ラストサバイバル』**っていう大会《たいかい》に出場《しゅつじょう》しているからだ。

ラストサバイバルはかんたんに言《い》うと、全国《ぜんこく》の小学《しょうがく》6年生《ねんせい》を50人《にん》ぐらい集《あつ》めて、だれが1番《ばん》になるのかを競《きそ》わせる大会《たいかい》だ。

そのなかでなにを競《きそ》わせるかっていうのは毎回《まいかい》変《か》わる。

ひとつ前《まえ》は、だれが最後《さいご》まで教室《きょうしつ》に残《のこ》っていられるのかを競《きそ》う『サバイバル教室《きょうしつ》』。

もうひとつ前《まえ》は、だれが一番長《いちばんなが》く歩《ある》いていられるのかを競《きそ》う『サバイバルウォーク』。

そして今回《こんかい》は『だれが最後《さいご》までつかまらないか』を競《きそ》う『サバイバル鬼《おに》ごっこ』だ。

今回《こんかい》のルールをもうちょっとくわしく説明《せつめい》すると『学校《がっこう》をうろつく人体模型《じんたいもけい》に最後《さいご》まで

つかまらなければ勝《か》ち』っていうことになる。

まあ、もしそういうルールじゃなかったとしても、人体模型《じんたいもけい》がこっちにむかって走《はし》ってきたら、逃《に》げようとするのはあたりまえだ。

あの人体模型《じんたいもけい》につかまったら、どうなるかわからない。

もしかしたら、皮《かわ》をはがされて、僕《ぼく》も人体模型《じんたいもけい》にされるのかもしれない。

もしかしたら、僕《ぼく》の体《からだ》のなかにあるパーツをむりやりとられるのかもしれない。

……もちろん、そんなことはありえない。

もしあの人体模型《じんたいもけい》につかまっても、この大会《たいかい》から脱落《だつらく》するってだけだ。

頭《あたま》ではわかっているけど、だからといって立《た》ち止《ど》まるわけにはいかない。

どうしてこんな思《おも》いをしなくちゃいけないのか？

どうしてこんな大会《たいかい》にでなきゃいけなくなったのか？


きっかけは、一通《いっつう》の手紙《てがみ》が家《いえ》に送《おく》られてきたことだった。

＊

ピンポーン

その日《ひ》の夕方《ゆうがた》、僕《ぼく》がリビングで漫画《まんが》を読《よ》んでいると、玄関《げんかん》からチャイムの音《おと》が聞《き》こえた。

「ごめん、いま手《て》がはなせないから代《か》わりにでてー」

チャイムの音《おと》のあと、キッチンから夕飯《ゆうはん》をつくっているお母《かあ》さんの声《こえ》がする。

「はーい」

と言《い》って、僕《ぼく》が返事《へんじ》をした直後《ちょくご》、僕《ぼく》のとなりでテレビを見《み》ていた妹《いもうと》のソラが「私《わたし》がでるー」と立《た》ちあがって玄関《げんかん》のほうにむかっていった。

それからすぐ、一通《いっつう》の手紙《てがみ》を持《も》ってソラがもどってくる。どうやらさっきのチャイムは郵便屋《ゆうびんや》さんだったらしい。

「お兄《にい》ちゃーん、手紙《てがみ》だってー」

「え、僕《ぼく》に？」

僕《ぼく》は読《よ》みかけの漫画《まんが》をテーブルの上《うえ》に置《お》いて、ソラから手紙《てがみ》を受《う》けとった。

ソラが持《も》ってきたのは手紙《てがみ》というより大型《おおがた》の封筒《ふうとう》で、『桜井《さくらい》リク様《さま》』と僕《ぼく》の名前《なまえ》が手書《てが》きで書《か》かれている。

塾《じゅく》とか家庭教師《かていきょうし》の勧誘《かんゆう》かな？　とも思《おも》ったけど、どうやらそういう感《かん》じでもない。

「ねえ、だれからだれから？」

「ちょ、ちょっとせかさないでよ……」

このとき僕《ぼく》は手紙《てがみ》の中身《なかみ》より、読《よ》んでいた漫画《まんが》のつづきのほうが気《き》になっていた。

どちらかというとソラのほうが、手紙《てがみ》の内容《ないよう》に興味津々《きょうみしんしん》だ。

とりあえずソラから封筒《ふうとう》を受《う》けとってなかを確認《かくにん》してみると、数枚《すうまい》の紙《かみ》がはいっているのがわかった。

「……？」

いったいなんだ？　と思《おも》いながら一枚目《まいめ》の紙《かみ》をひらいてみる。

そしてそれを読《よ》んだ瞬間《しゅんかん》、頭《あたま》をうしろからなぐられたみたいな衝撃《しょうげき》が走《はし》った。

やあ、リク君《くん》。
久《ひさ》しぶりだね、ミスターL《エル》だよ。

実《じつ》は今回《こんかい》、君《きみ》のためにもういちど
ラストサバイバルを開催《かいさい》することにしたんだ。
競技《きょうぎ》の名前《なまえ》は『サバイバル鬼《おに》ごっこ』。
夜《よる》の学校《がっこう》を舞台《ぶたい》にして
『だれが最後《さいご》までつかまらないでいられるか』
を競《きそ》う大会《たいかい》さ。

もちろん、優勝《ゆうしょう》したら
なんでも願《ねが》いごとをかなえてあげるよ。
友達《ともだち》をさそってぜひ参加《さんか》しよう！

ミスターL《エル》

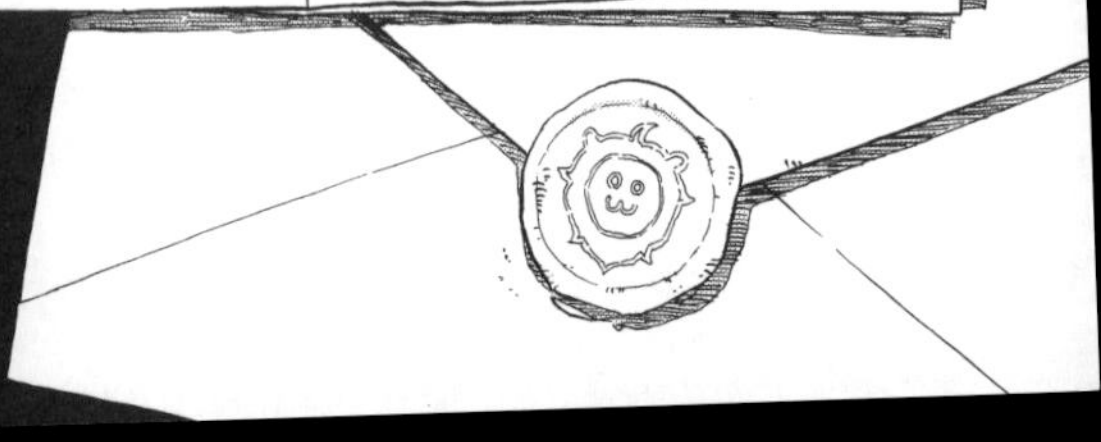

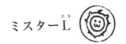

僕《ぼく》がぜったいに忘《わす》れられない大会《たいかい》の名前《なまえ》が、そこに書《か》かれていた。

ラストサバイバル。

優勝《ゆうしょう》すれば、なんでも願《ねが》いごとがかなう大会《たいかい》。

次《つぎ》の手紙《てがみ》には、開催日時《かいさいにちじ》とか場所《ばしょ》とかが書《か》かれていて、最後《さいご》のほうには『もし参加《さんか》したい場合《ばあい》は、電話《でんわ》をしてね』っていう言葉《ことば》といっしょに、電話番号《でんわばんごう》がのっている。

「うわー、すごいねお兄《にい》ちゃん。ミスターL《エル》からの手紙《てがみ》だよ」

ソラが言《い》ったミスターL《エル》とは、このラストサバイバルっていう大会《たいかい》の主催者《しゅさいしゃ》で、『世界《せかい》一《いち》のお金持《かねも》ち』とも言《い》われている人《ひと》だ。

ときどきテレビなんかにもでてくるけど、いつも特殊《とくしゅ》メイクをしているから、その素顔《すがお》はだれも見《み》たことがない。なんの特殊《とくしゅ》メイクをしているのかはその時々《ときどき》で変《か》わるけど、最《さい》近《きん》はライオンの特殊《とくしゅ》メイクをしていることが多《おお》い。

素顔《すがお》を見《み》せないっていうのと、かなりくだけた感《かん》じの話《はな》し方《かた》をするから、子供達《こどもたち》のあいだではけっこう人気《にんき》のキャラクター？　だったりする。

「……」

そのミスターL《エル》から手紙《てがみ》をもらったっていうことで、ソラのテンションはあがっていたけど、正直僕《しょうじきぼく》はあんまりうれしくなかった。

実《じつ》は僕《ぼく》はこのラストサバイバルに参加《さんか》して、2回優勝《かいゆうしょう》したことがある。

この手紙《てがみ》にも書《か》いてあるけど、ラストサバイバルで優勝《ゆうしょう》すれば、ミスターL《エル》がなんでも願《ねが》いごとをかなえてくれる。

だから僕《ぼく》は2回《かい》、願《ねが》いごとをかなえてもらったことがあるんだけど、できることならもうこの大会《たいかい》に参加《さんか》したくはなかった。

それはなぜかというと――

と、そのとき、電話《でんわ》が鳴《な》った。

「ごめん、お願《ねが》いー」

もういちど、キッチンのほうからお母《かあ》さんの声《こえ》が聞《き》こえてくる。

さっきはソラが玄関《げんかん》のほうに行《い》ってくれたから、今回《こんかい》は僕《ぼく》が電話《でんわ》にでることにした。

「はいもしもし、桜井《さくらい》です」

「おう、リク！　久《ひさ》しぶりだな！」

僕《ぼく》が電話《でんわ》にでた瞬間《しゅんかん》、やけにバカでかい声《こえ》が聞《き》こえてくる。

あまりのうるささに、一瞬《いっしゅん》ひるんでしまったけど、その声《こえ》に僕《ぼく》は聞《き》き覚《おぼ》えがあった。

「……ゲンキ君《くん》？」

「おうよ、元気《げんき》だったか！」

山本《やまもと》ゲンキ君《くん》——僕《ぼく》がラストサバイバルに出場《しゅつじょう》したときに友達《ともだち》になった、前《まえ》むきっていう言葉《ことば》をそのままあらわしたような男《おとこ》の子《こ》だ。

「どうしたの？　とつぜん電話《でんわ》なんか——」

と、そこまで言《い》った瞬間《しゅんかん》、僕《ぼく》の背中《せなか》をなにかこわいものがかけぬけていくのを感《かん》じた。

遊《あそ》びのさそいじゃない、っていうことはわかる。

じゃあ、いったいなんの電話《でんわ》なのか？

そう僕《ぼく》が思《おも》っていると、ゲンキ君《くん》はあいかわらずの大声《おおごえ》で話《はなし》をつづけた。

「いや、リクのところにも届《とど》いただろ？　あの手紙《てがみ》」

それを聞《き》いて、ああやっぱり、と僕《ぼく》は思《おも》う。

あの手紙《てがみ》とは、たぶんこのミスターL《エル》から送《おく》られてきたものだ。

くりかえすけど、僕《ぼく》はできることならもうラストサバイバルに参加《さんか》したくない。

でも、ゲンキ君《くん》のことだから、きっと僕《ぼく》が今回《こんかい》も参加《さんか》すると思《おも》って楽《たの》しみにしているんだろう。それで、いてもたってもいられず電話《でんわ》をかけてきたんだ。

「えっと……そのことなんだけどさ……」

(今回僕《こんかいぼく》はでるつもりはないんだ)

そういうつもりで口《くち》をひらいたら、ゲンキ君《くん》はとんでもないことを言《い》ってきた。

「あれな、俺《おれ》が代《か》わりに申《もう》しこんでおいてやったからよ」

「……え？」

予想外《よそうがい》の言葉《ことば》に、頭《あたま》のなかが一瞬真《いっしゅんま》っ白《しろ》になる。

「ちょ、ちょっと待《ま》ってよ。代《か》わりに申《もう》しこんだってどういうこと？」

「なんだ？　その日《ひ》、なんか用事《ようじ》でもあんのか？」

「いや、用事《ようじ》は別《べつ》にないけど……」

「どうしたリク、まさか負《ま》けるのがこわいってんじゃないだろうな」

そう言《い》いながら、ゲンキ君《くん》はけらけら笑《わら》っている。

悪気《わるぎ》はないっていうのはわかっているんだけど、僕《ぼく》としては笑《わら》える状況《じょうきょう》じゃない。

「……あー、もしかして、本気《ほんき》で出場《しゅつじょう》する気《き》ない？」

すると、ゲンキ君《くん》もなにかを察《さっ》したのか、少《すこ》しおとなしめの声《こえ》で僕《ぼく》に話《はな》しかけてきた。

「……」

ゲンキ君《くん》の言葉《ことば》に、僕《ぼく》は『ちがう』とも『そうだ』とも言《い》わなかった。

そもそも、僕《ぼく》がラストサバイバルに出場《しゅつじょう》したくない理由《りゆう》は2つある。

ひとつは、単純《たんじゅん》にラストサバイバルっていう大会《たいかい》が大変《たいへん》だからだ。

優勝《ゆうしょう》すればなんでも願《ねが》いごとをかなえてもらえるけど、そうかんたんに優勝《ゆうしょう》はできない。

はっきり言《い》ってラストサバイバルにでるぐらいなら、一日中漢字《いちにちじゅうかんじ》の書《か》きとりをしたり、炎天下《えんてんか》でマラソンに参加《さんか》したほうがマシだ。

それと、もうひとつ……実《じつ》はこっちのほうが僕《ぼく》にとっては大《おお》きかったりする。

「僕《ぼく》って、いちおう2回《かい》も願《ねが》いごとをかなえてもらってるじゃない？」

「……」

僕《ぼく》の言葉《ことば》に、ゲンキ君《くん》がうなずくのが電話《でんわ》ごしに伝《つた》わってくる。

「それなのに、何回《なんかい》もラストサバイバルに参加《さんか》するのはどうなんだろうって……」

ラストサバイバルで優勝《ゆうしょう》すれば、なんでも願《ねが》いごとをかなえてもらえる。

だからこそ、ラストサバイバルっていう大会《たいかい》は人気《にんき》があるし、たくさんの子供達《こどもたち》が参加《さんか》しようとする。

でも優勝《ゆうしょう》するのは一人《ひとり》だから、願《ねが》いごとはひとつだけしかかなわない。

そこで僕《ぼく》は2回《かい》も優勝《ゆうしょう》して、自分《じぶん》の願《ねが》いごとをかなえてもらっている。

「だから、僕《ぼく》が今回《こんかい》の大会《たいかい》にも参加《さんか》するっていうのは――」

「……なあ、リク」

と、そのとき、ゲンキ君《くん》が僕《ぼく》の言葉《ことば》を途中《とちゅう》で止《と》めた。

僕《ぼく》はなにも言《い》わずに、ゲンキ君《くん》の次《つぎ》の言葉《ことば》を待《ま》つ。

そして10秒《びょう》ぐらいたったあとで、ようやくゲンキ君《くん》が口《くち》をひらいた。

「いま思《おも》いついたんだけどよ、負《ま》けたら罰《ばつ》ゲームとかっておもしろそうじゃねえか？」

「なんの話《はなし》!?」

ようやく聞《き》こえたゲンキ君《くん》の声《こえ》に、僕《ぼく》はおもわずツッコミをいれた。

というか、いきなり罰《ばつ》ゲームと言《い》われても、なにがなにやらわからない。

「なにって、ラストサバイバルの話《はなし》だよ。優勝《ゆうしょう》とか関係《かんけい》なしで、俺達《おれたち》は俺達《おれたち》で勝負《しょうぶ》するのもおもしろそうじゃねえか？　んで、負《ま》けたら罰《ばつ》ゲームって感《かん》じでよ」

「……人《ひと》の話《はなし》聞《き》いてた？」

「聞《き》いてたよ。でも優勝《ゆうしょう》するかどうかは参加《さんか》してみねーとわかんねえんだから、いま心配《しんぱい》することじゃねえんじゃねえか？」

そう言《い》われて、僕《ぼく》はなにも言《い》いかえせなかった。

たしかに言《い》われてみれば、僕《ぼく》がいま言《い》ったことは『宝《たから》くじにあたったら、そのお金《かね》をなにに使《つか》うか』を本気《ほんき》で心配《しんぱい》するようなものだ。

「そういうわけでだ、リク。俺《おれ》と勝負《しょうぶ》しようぜ」

なにがどういうわけなのかはわからなかったけど、ゲンキ君《くん》は笑《わら》いながらそんなことを提案《ていあん》してくる。

「勝負《しょうぶ》って……次《つぎ》のラストサバイバルでどっちが長《なが》く残《のこ》れるか、とか？」

「いいやちがう。勝負《しょうぶ》の内容《ないよう》は『どっちが次《つぎ》のラストサバイバルをより楽《たの》しめるか』だ」

「……っ」

「ラストサバイバルの順位《じゅんい》は関係《かんけい》ねえ。楽《たの》しんだもん勝《が》ちの勝負《しょうぶ》だ」

「……どっちが楽《たの》しんだかなんて、どうやってきめるのさ？」

自信満々《じしんまんまん》のゲンキ君《くん》に対《たい》して、僕《ぼく》はつぶやくように言《い》った。

「どうやったっていいさ。なんならリクがどっちの勝《か》ちかをきめたっていいぜ」

「それじゃあ勝負《しょうぶ》にならないじゃん」

「おいおいリク、楽《たの》しんだもん勝《が》ちの勝負《しょうぶ》で、俺《おれ》に勝《か》てると思《おも》ってるのか？」

冗談《じょうだん》っぽくゲンキ君《くん》は笑《わら》ったけど、僕《ぼく》にはそれが冗談《じょうだん》だと思《おも》えなかった。

ゲンキ君《くん》がラストサバイバルにでる理由《りゆう》は、ふつうの子達《こたち》とは少《すこ》しちがう。

ふつうの子達《こたち》が、願《ねが》いごとをかなえてもらうためにラストサバイバルに参加《さんか》しているなかで、ゲンキ君《くん》はラストサバイバルという大会自体《たいかいじたい》を楽《たの》しむために参加《さんか》しているんだ。

「な、どうだ？　おもしろそうだろ？　そんで、負《ま》けたほうが勝《か》ったほうの命令《めいれい》をなんでもひとつだけ聞《き》いてやるってルールにしてよ」

本当《ほんとう》に楽《たの》しそうに、ゲンキ君《くん》は笑《わら》っている。

僕《ぼく》にとってラストサバイバルにでるってことは、一世一代《いっせいちだい》の大勝負《おおしょうぶ》をするようなものだ。

でもゲンキ君《くん》にとって、ラストサバイバルは楽《たの》しい遊《あそ》びのひとつなんだろう。

「……」

正直《しょうじき》、そんなゲンキ君《くん》と話《はな》していて、うらやましいと思《おも》う自分《じぶん》がいた。

ラストサバイバルに軽《かる》い気持《きも》ちで出場《しゅつじょう》する。

考《かんが》えてみれば、そんな気《き》持《も》ちでラストサバイバルにでたことなんていちどもなかった。

だったら、一回《いっかい》ぐらいそういう気《き》持《も》ちででてみてもいいかもしれない。

「わかったよ。じゃあ、僕《ぼく》が勝《か》ったらゲンキ君《くん》には――」

「おっと、待《ま》て待《ま》て。命令《めいれい》を発表《はっぴょう》すんのは勝負《しょうぶ》がきまってからのお楽《たの》しみといこうぜ」

と、ゲンキ君《くん》がそう言《い》ったとき、電話《でんわ》のむこうからうっすらとゲンキ君《くん》のお母《かあ》さんの声《こえ》が聞《き》こえてきた。なにを言《い》ってたのかはよく聞《き》きとれなかったけど、そのあとでゲンキ君《くん》が電話《でんわ》を押《お》さえて「はーい」と返事《へんじ》をしているのがわかる。

「悪《わる》いリク、母《かあ》ちゃんにいつまで電話《でんわ》してんだって怒《おこ》られちまった。んじゃ、そういうことで楽《たの》しみにしてっかんな」

「うん、わかった。じゃあねゲンキ君《くん》」

そう言《い》って僕達《ぼくたち》は電話《でんわ》をきった。

そのあとで、手《て》に持《も》っていた手紙《てがみ》をもういちど確認《かくにん》してみる。

まさかこんな形《かたち》でラストサバイバルに参加《さんか》することになるなんて、少《すこ》し前《まえ》までは考《かんが》えてもみなかった。

……なんだかうまいことのせられたような気《き》がしないでもないけど。

そうして僕《ぼく》はもういちど、ラストサバイバルに参加《さんか》することになったんだ。

ただそのときの僕《ぼく》は、今回《こんかい》のラストサバイバルがあんなことになるなんて、思《おも》ってもみなかったんだけど……。

スマホ
ほしいな…

① 逃《とう》走《そう》開《かい》始《し》!! サバイバル鬼《おに》ごっこ

出《しゅつ》場《じょう》有《ゆう》力《りょく》選《せん》手《しゅ》

桜井《さくらい》リク

朱堂《すどう》ジュン

山本《やまもと》ゲンキ

新庄《しんじょう》ツバサ

大場《おおば》カレン

木下《きのした》ヒナ

阿部《あべ》ソウタ

長嶋《ながしま》ケンイチロウ

早乙女《さおとめ》ユウ

《優勝《ゆうしょう》まで残《のこ》り35人》

夜《よる》の学校《がっこう》って、もっとこわいものだと思《おも》っていた。

僕《ぼく》はいま、今回《こんかい》のラストサバイバルの会場《かいじょう》になる学校《がっこう》の前《まえ》にきている。

「桜井《さくらい》リク選手《せんしゅ》でまちがいないですね？」

そして校舎《こうしゃ》のなかにはいる前《まえ》、僕《ぼく》は受付《うけつけ》をしながらまわりの様子《ようす》を確認《かくにん》していた。

今回《こんかい》のラストサバイバルは夜《よる》の学校《がっこう》を舞台《ぶたい》にして行《おこな》われる。手紙《てがみ》にそう書《か》いてあったのを見《み》て、少《すこ》し不気味《ぶきみ》な感《かん》じがしたけれど、実際《じっさい》にきてみるとそうでもない。

ふつうに電気《でんき》はついているし、スタッフが準備《じゅんび》のためにいろいろと走《はし》りまわっているから、こわいって感《かん》じはぜんぜんしない。

「こちらが今大会《こんたいかい》で使用《しよう》する腕時計《うでどけい》です。それでは、校舎《こうしゃ》のなかへお進《すす》みください。予定《よてい》の時刻《じこく》までに校舎《こうしゃ》のなかにはいっていなければ失格《しっかく》となりますのでご注意《ちゅうい》を」

受付《うけつけ》をすませたあと、僕《ぼく》は歩《ある》きながら腕時計《うでどけい》をつけようとする。

「あっ」

だけど、手《て》をすべらせて、腕時計《うでどけい》を落《お》としてしまった。

しかも落《お》ちた腕時計《うでどけい》はうまい具合《ぐあい》にコロコロところがりはじめる。

「あ、ちょ、待《ま》って……」

僕《ぼく》が腕時計《うでどけい》を追《お》いかけていくと、だれかがひょい、とひろってくれた。

「あ、すみません。ありがとうございま……」

と、顔《かお》をあげた瞬間《しゅんかん》、僕《ぼく》は言葉《ことば》を飲《の》みこんだ。

白《しろ》いライオン頭《あたま》の男《おとこ》の人《ひと》が、僕《ぼく》のすぐ目《め》の前《まえ》に立《た》っていたからだ。


「ややあリク君《くん》。久《ひさ》しぶり。元気《げんき》そうでなによりだね」


「……ミスターL《エル》」

ミスターL《エル》、それがこの白《しろ》いライオン頭《あたま》の男《おとこ》の人《ひと》の名前《なまえ》だ。

白《しろ》いのは頭《あたま》だけじゃない。

白《しろ》いシャツ、白《しろ》いズボン、白《しろ》い靴《くつ》。ありとあらゆるものが白《しろ》い。

夜《よる》ということもあって、その白《しろ》さが異様《いよう》に際立《きわだ》っている。

「ほら、大事《だいじ》な腕時計《うでどけい》だよ。大会《たいかい》が終《お》わるまで、ちゃんと腕《うで》につけておいてね」

そう言《い》いながら、ミスターL《エル》は僕《ぼく》に腕時計《うでどけい》をわたしてくれる。

「ありがとうございます……」

「なに、気《き》にすることはないよ。困《こま》ったことがあったらなんでも言《い》うといい。助《たす》けてあげるかどうかはまた別《べつ》の話《はなし》だけどね」

そう言《い》って、ミスターL《エル》は腕時計《うでどけい》をつける僕《ぼく》の様子《ようす》をニヤニヤと見《み》つめている。

僕《ぼく》が腕時計《うでどけい》をつけ終《お》え顔《かお》をあげると、ミスターL《エル》はなにかに気《き》がついたように目《め》をぱちくりとさせた。

「ふむ……なんというか、顔《かお》つきが前《まえ》までとちがうね」

ミスターL《エル》は首《くび》を少《すこ》しだけかたむけながら、ひとりごとのように言葉《ことば》をつづける。

「……熱《ねつ》がないと感《かん》じるのは、私《わたし》の気《き》のせいかな？」

そのミスターL《エル》の目《め》を見《み》て、僕《ぼく》はゾクリとした。

僕《ぼく》は今回《こんかい》、自分《じぶん》の願《ねが》いをかなえてもらうためじゃなくて、ゲンキ君《くん》といっしょに楽《たの》しむために参加《さんか》している。

もちろん、わざと負《ま》けてやるつもりはないし、せっかく参加《さんか》するんだから優勝《ゆうしょう》できたら

いいな、とは思《おも》っているけど『なにがなんでもぜったいに優勝《ゆうしょう》したい』とは思《おも》っていない。

ミスターL《エル》はそれをすべて見《み》すかして、僕《ぼく》に興味《きょうみ》を失《うしな》ったような表情《ひょうじょう》をうかべている。

たとえばそれは、古《ふる》いおもちゃを捨《す》てる前《まえ》の子供《こども》のような目《め》だった。

「ま、3回目《かいめ》ともなれば、しかたがないか」

と、次《つぎ》の瞬間《しゅんかん》、あっけらかんとした様子《ようす》でミスターL《エル》が笑《わら》う。

「実《じつ》は今回《こんかい》のラストサバイバルは、いままで一番参加者《いちばんさんかしゃ》が少《すく》ないんだよね」

「どうしてですか？」

「参加《さんか》を断《ことわ》る子《こ》がいたからさ」

ミスターL《エル》はそう言《い》いながら、またあのゾクリとするような表情《ひょうじょう》を、目《め》にうかべた。

「今回《こんかい》も、前回《ぜんかい》のラストサバイバルに参加《さんか》した子《こ》全員《ぜんいん》に招待状《しょうたいじょう》を送《おく》ったんだけどね、そのなかで参加《さんか》を見送《みおく》るという子《こ》が何人《なんにん》かいたんだよ。知《し》っているかもしれないけど、ラストサバイバルは毎年《まいとし》たくさんの子供達《こどもたち》が参加《さんか》したがる。優勝《ゆうしょう》すれば自分《じぶん》の願《ねが》いごとがかなうんだからね。にもかかわらず、参加《さんか》を断《ことわ》る子《こ》がいたんだ！　信《しん》じられるかい？」

両手《りょうて》をひろげ、目《め》を見《み》ひらき、ミスターL《エル》はそう言《い》った。

「まあ、おそらくその子達《こたち》には自分《じぶん》の願《ねが》いをかなえる以上《いじょう》の用事《ようじ》があったんだろうけどね」

そのあとすぐにミスターL《エル》は笑《わら》いはじめたけど、僕《ぼく》はぜんぜん笑《わら》えなかった。

『やる気《き》がないのであれば、君達《きみたち》の代《か》わりはいくらでもいる』

そう言《い》っているように僕《ぼく》には聞《き》こえたからだ。

「さあリク君《くん》、そろそろ学校《がっこう》のなかにはいろうか。そうそう、時間《じかん》までは校内《こうない》を自由《じゆう》に歩《ある》いていいからね。せっかくだから案内《あんない》もしてあげようかな？」

「いや、一人《ひとり》でだいじょうぶですから」

僕《ぼく》はミスターL《エル》のさそいを断《ことわ》って、そそくさとその場《ば》をはなれていく。

そして僕《ぼく》は持《も》ってきた上靴《うわぐつ》にはきかえて、学校《がっこう》のなかに足《あし》をふみいれる。

この学校《がっこう》はミスターL《エル》がラストサバイバルのために買《か》って、最近《さいきん》あたらしくされたものだ。

ろうかはピカピカだし、壁《かべ》にもよごれは見《み》あたらない。

正直《しょうじき》、小学校《しょうがっこう》というよりも病院《びょういん》とか研究室《けんきゅうしつ》とか、そっちのほうがイメージとしては近《ちか》い。

とりあえず、時間《じかん》にならないとサバイバル鬼《おに》ごっこは始《はじ》まらないから、ミスターL《エル》が言《い》っていたように学校《がっこう》のなかを歩《ある》きまわってみようかな？　と思《おも》ったときだった。

「おう、なんだリク。やっぱりおまえもきてたのか」

うしろからの声《こえ》にふりかえってみると、そこには目《め》つきの悪《わる》い茶髪《ちゃぱつ》の男《おとこ》の子《こ》——ツバサ君《くん》が立《た》っていた。

「ツバサ君《くん》！」

僕《ぼく》が名前《なまえ》を呼《よ》ぶと、ツバサ君《くん》は照《て》れくさそうに笑《わら》って右手《みぎて》を僕《ぼく》の顔《かお》の前《まえ》に持《も》ってくる。

すかさず僕《ぼく》も右手《みぎて》をあげて、ツバサ君《くん》とハイタッチをすると、パン、っていう音《おと》がろうかにひびいた。

「久《ひさ》しぶりツバサ君《くん》。ツバサ君《くん》も今回《こんかい》のラストサバイバルに参加《さんか》してたんだ」

「つーか、ゲンキのヤロウにかってに申《もう》しこまれたんだけどな」

ゲンキ君《くん》の名前《なまえ》をだして、ツバサ君《くん》は苦々《にがにが》しげな表情《ひょうじょう》をうかべる。

「マジでビビったぜ。手紙《てがみ》に書《か》かれてた番号《ばんごう》に電話《でんわ》したら『あなたはすでに申《もう》しこまれています』って言《い》われたんだからよ」

「あはは……」

とかなんとか言《い》っているけど、ツバサ君《くん》も本気《ほんき》でゲンキ君《くん》に怒《おこ》っているわけじゃない。

僕《ぼく》も初《はじ》めにゲンキ君《くん》から電話《でんわ》がきたときはおどろいたけど『まあ、ゲンキ君《くん》だったらやりかねないな』と納得《なっとく》してしまう部分《ぶぶん》もあるからだ。

「まあいいや、とりあえずてきと

うな教室《きょうしつ》にでもはいろうぜ」

そう言《い》って、ツバサ君《くん》が僕《ぼく》の横《よこ》にならんだときだった。

バツン、っていう音《おと》がしてろうかの電気《でんき》が消《き》えた。

電気《でんき》が消《き》えた瞬間《しゅんかん》、ツバサ君《くん》が「っつぁあ！」っていう奇声《きせい》をあげる。

僕《ぼく》としては電気《でんき》が消《き》えたことよりも、そのツバサ君《くん》の声《こえ》にびっくりした。

「なんだ、なんだ、なんだってんだコノヤロウ！」

そして、思《おも》っていたより本気《ほんき》でツバサ君《くん》があわてはじめる。

というか、ろうかの電気《でんき》は消《き》えたけど、教室《きょうしつ》の電気《でんき》はついたままだったから、別《べつ》に完全《かんぜん》な暗闇《くらやみ》になったわけじゃない。

「ひょっとして……ツバサ君《くん》ってこういうの、こわいタイプ？」

「あぁ？　ンなわけねえだろ！」

とか言《い》いながら、ツバサ君《くん》の声《こえ》が裏《うら》がえっている。

僕《ぼく》もあんまりこわいのは得意《とくい》じゃないけど、ツバサ君《くん》のおどろき具合《ぐあい》を見《み》ると、なんだか逆《ぎゃく》におちついてきた。

「えっと、とりあえず教室《きょうしつ》にはいろうよ。教室《きょうしつ》の電気《でんき》はついてるみたいだし」

「お、おう。そうだな……」

そして僕達《ぼくたち》が、近《ちか》くの教室《きょうしつ》を目指《めざ》して進《すす》もうとしたときだった。

とつぜんうしろから「わっ！」って声《こえ》がして、背中《せなか》をどん、とつきとばされる。

と同時《どうじ》に「しゃらあ！」っていうかけ声《ごえ》がして、ツバサ君《くん》が、僕達《ぼくたち》をおどろかそうとしただれかの顔《かお》を思《おも》いきりなぐりつけていた。

「痛《いて》ェ！」

ツバサ君《くん》になぐられて、うしろにいただれかがそのままろうかにたおれこむ。

少《すこ》しおくれて僕《ぼく》がふりかえると、僕達《ぼくたち》を今回《こんかい》のラストサバイバルにまきこんだ張本人《ちょうほんにん》――ゲンキ君《くん》がそこにいた。

「バカヤロウ、ゲンキてめえ、コラ！　ぜってえおまえのしわざだってわかってたわ！」

「はっはっはぁ、そんだけおどろいてくれりゃあ、作戦大成功《さくせんだいせいこう》ってやつだな」

顔面《がんめん》をなぐられたというのに、ゲンキ君《くん》は笑《わら》っている。もちろん……と言《い》ったらあれだけど、悪《わる》びれる様子《ようす》はまったくない。

「おどろいてねーよ。くるのわかってたって言《い》ってんだろ！」

たおれこんだゲンキ君《くん》にむかって、ツバサ君《くん》が鬼《おに》のようにどなりちらしている。

そのツバサ君《くん》を見《み》ると『ああ、本当《ほんとう》にこわかったんだろうな』というのがひしひしと伝《つた》わってきた。心《こころ》なしか、ちょっとなみだ目《め》になっているような気《き》さえする。

「いきなり電気《でんき》が消《き》えたと思《おも》ったら、あんたらなにしてんの？」

ツバサ君《くん》とゲンキ君《くん》が言《い》いあっているとき、教室《きょうしつ》のほうから声《こえ》がした。

声《こえ》がしたほうを見《み》ると、背《せ》の高《たか》い女《おんな》の子《こ》が、僕達《ぼくたち》のほうを見《み》てほほえんでいる。

「おう朱堂《すどう》！　久《ひさ》しぶりだな。悪《わる》いな、おまえの分《ぶん》もかってに申《もう》しこんじまってよ」

その背《せ》の高《たか》い女《おんな》の子《こ》——朱堂《すどう》さんを見《み》て、ゲンキ君《くん》がけらけらと笑《わら》った。

「え？　ていうかゲンキ君《くん》、朱堂《すどう》さんの分《ぶん》もかってに申《もう》しこんだの？」

「おう、そしたら『リクが参加《さんか》するなら自分《じぶん》も参加《さんか》する』って言《い》われたからよ、そのあとすぐにおまえに電話《でんわ》したわけだ」

「そんな事情《じじょう》があったんなら説明《せつめい》してよね……」

と僕《ぼく》が言《い》っても、ゲンキ君《くん》はただおもしろそうに笑《わら》うだけだった。

「とりあえず、いつまでもこんな暗《くら》いところにいないでさ、教室《きょうしつ》のなかにはいろうよ……」

と、僕《ぼく》が言《い》うとツバサ君《くん》がすぐさま賛成《さんせい》してくれた。

ゲンキ君《くん》にどなりちらしてごまかしていたけれど、やっぱり暗《くら》いところにいるのはこわいらしい。

だけど、僕達《ぼくたち》が明《あ》かりのついている教室《きょうしつ》のなかにはいろうとしたとたん、またバツン、という音《おと》がして教室《きょうしつ》の電気《でんき》が消《き》えた。

「おいコラ、ゲンキ、てめえコラ、なにしやがった！」

「ちげえよ！　今回《こんかい》ばかりは俺《おれ》じゃねえ！」

暗闇《くらやみ》のなかに、ツバサ君《くん》とゲンキ君《くん》の声《こえ》がひびく。

ゲンキ君《くん》がいたずらでろうかの電気《でんき》を消《け》したときとはちがって、今回《こんかい》は他《ほか》の教室《きょうしつ》の電気《でんき》も消《き》えている。

つまり、いまの一瞬《いっしゅん》で学校中《がっこうじゅう》の電気《でんき》がぜんぶ消《き》えたってことになる。

と、そのとき、

キーンコーンカーンコーン

と、学校《がっこう》のチャイムが鳴《な》った。

あまりの音《おと》の大《おお》きさに、ツバサ君《くん》ほどではないにしろ、僕《ぼく》はびくっと体《からだ》をふるわせる。

「さあみんな、準備《じゅんび》はいいかな？　楽《たの》しい楽《たの》しいサバイバル鬼《おに》ごっこが始《はじ》まるよ」

そしてチャイムが鳴《な》り終《お》わったあと、ミスターL《エル》の声《こえ》が学校中《がっこうじゅう》にひびきわたった。

「サバイバル鬼《おに》ごっこのルールはかんたん。いまから学校《がっこう》のなかをうろつきはじめる『あるもの』から最後《さいご》まで逃《に》げきった選手《せんしゅ》が優勝《ゆうしょう》だ。ちなみに、外《そと》にでたらその時点《じてん》で失格《しっかく》だから注意《ちゅうい》してね。優勝《ゆうしょう》したらもちろん、どんな願《ねが》いごとでもかなえてあげるよ」

ミスターL《エル》がそう言《い》うと同時《どうじ》に、明《あ》かりがぽつぽつとつきはじめる。

だけどその明《あ》かりも、さっきまでのものとちがってかなり薄暗《うすぐら》い。

「ああそうそう、腕時計《うでどけい》についているボタンを押《お》せば残《のこ》りの人数《にんずう》がわかるから、よかったら活用《かつよう》してみてね」

そう言《い》って、ミスターL《エル》の放送《ほうそう》が終《お》わった。

放送《ほうそう》のあと、しん、とまわりが静《しず》まりかえる。

「ったく、なんだよ『あるもの』ってよ……」

まわりが静《しず》まりかえったあとで、初《はじ》めて口《くち》をひらいたのはツバサ君《くん》だった。

さっきまでより薄暗《うすぐら》くなっているせいなのか、その声《こえ》は少《すこ》しだけふるえている。

「おいおいなんだツバサ、ビビってんのか？」

「なんだと？　そういうゲンキのほうこそビビってんじゃねえのか」

と、ツバサ君《くん》は言《い》ったけど、ゲンキ君《くん》はいつもどおりだ。むしろこの状況《じょうきょう》を心《こころ》の底《そこ》から楽《たの》しんでいるようにも見《み》える。

「はいはい、あんたらその辺《へん》にしときなって」

朱堂《すどう》さんはそう言《い》いながら、自分《じぶん》の腕時計《うでどけい》をいじっていた。

なにをやってるんだろう、とのぞきこんでみると、そこには『35』っていう数字《すうじ》が表示《ひょうじ》されている。

「あ、これってさっきミスターL《エル》が言《い》ってた残《のこ》りの人数《にんずう》ってやつかな？」

と、僕《ぼく》がそう言《い》うと、ゲンキ君《くん》とツバサ君《くん》も朱堂《すどう》さんの腕時計《うでどけい》のほうに集《あつ》まってきた。

「なんだなんだ？　つーことは今回《こんかい》の参加者《さんかしゃ》はぜんぶで35人《にん》ってことか？」

「そんなもん、見《み》りゃわかるだろ……」

「てゆーかあんたら、自分《じぶん》の腕時計《うでどけい》使《つか》いなさいよ……」

なんてことを三人《にん》が話《はな》しているとき、僕《ぼく》はふっと顔《かお》をあげた。


「――っ！」


そして、目《め》に飛《と》びこんできたものに、僕《ぼく》は息《いき》をのんだ。

僕《ぼく》の目《め》の前《まえ》には、薄暗《うすぐら》いろうかがつづいている。

そのろうかの一番遠《いちばんとお》いところに、なにかがぽつんと立《た》っていた。

他《ほか》の参加者《さんかしゃ》？　と思《おも》ったけど、たぶんそれはちがう。

他《ほか》の参加者《さんかしゃ》だったら、あんな動《うご》き方《かた》はしない。

まるでこわれた機械《きかい》のように、ぎくしゃくとした動《うご》きでこっちに近《ちか》づいてきている。

「ねえツバサ君《くん》……あれってなにかな？」

僕《ぼく》は近《ちか》くにいたツバサ君《くん》の肩《かた》をたたいて、近《ちか》づいてくるなにかを指《ゆび》さした。

「あん？　なんだよリク。そんなことして俺《おれ》をビビらそうったってそうはいか……」

するとツバサ君《くん》も、こちらに近《ちか》づいてくるなにかを見《み》て固《かた》まってしまった。

そのときはもう、近《ちか》づいてくる『なにか』がなんであるのか、わかるぐらいになっている。


それは人体模型《じんたいもけい》だった。


ぎょろりとむきだしになった目玉《めだま》。

いまにもこぼれ落《お》ちそうな内臓《ないぞう》。

保健室《ほけんしつ》や理科室《りかしつ》のすみっこでほこりをかぶってそうなそれが、ペタペタという音《おと》を立《た》てて、こっちに近《ちか》づいてきている。

そして、ゲンキ君《くん》も朱堂《すどう》さんも、その近《ちか》づいてくる人体模型《じんたいもけい》に気《き》がついたようだった。

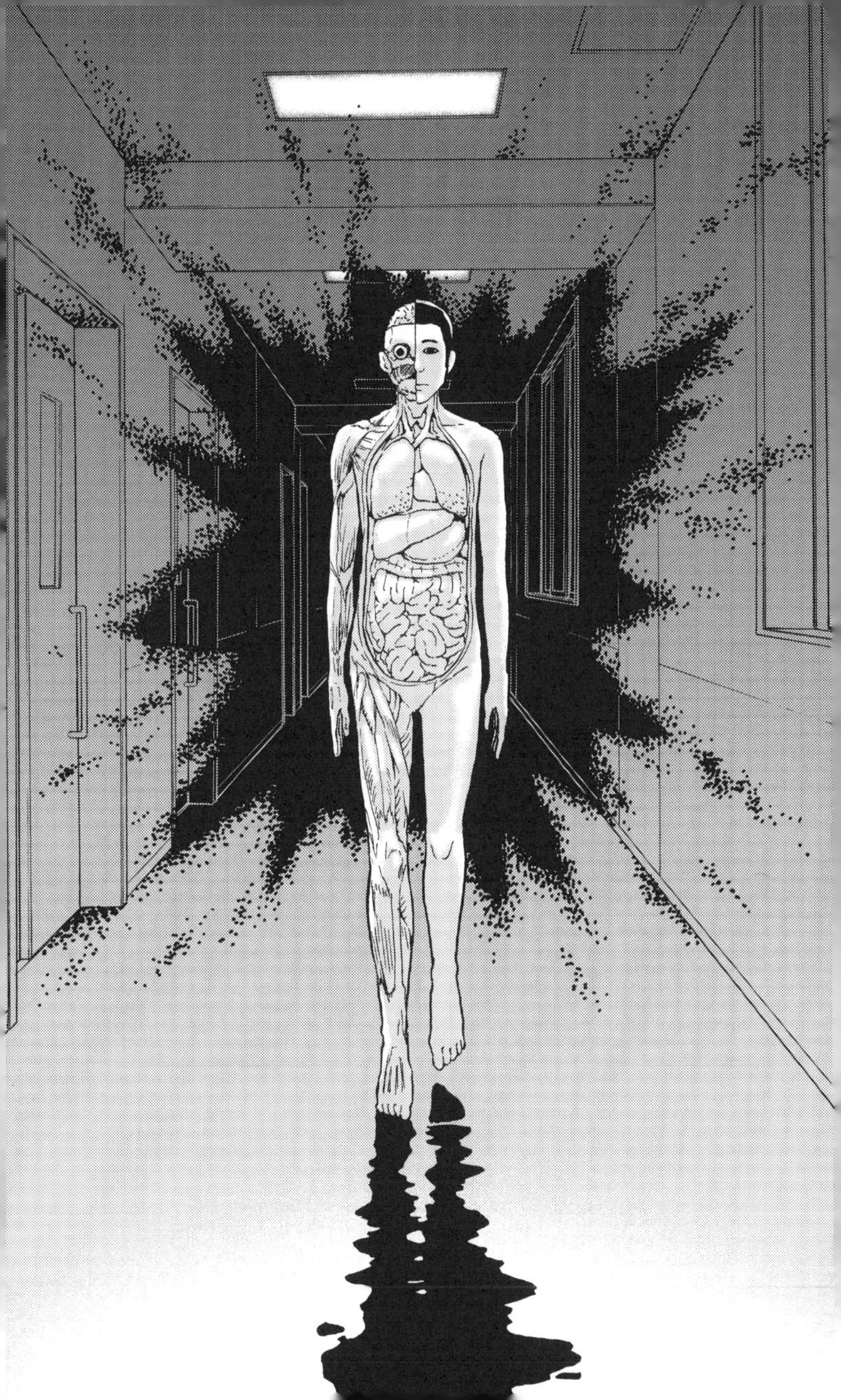

「はっはっはぁ、なるほど、つまりはあれから最後《さいご》まで逃《に》げきれば勝《か》ちってわけだ」

「そういうルールじゃなかったとしても、つかまりたくはないけどね……」

人体模型《じんたいもけい》に気《き》がつきはしたけれど、二人《ふたり》は僕達《ぼくたち》とちがってよゆうの表情《ひょうじょう》を見《み》せている。

その一方《いっぽう》で、ツバサ君《くん》は冷《ひ》や汗《あせ》をだらだら流《なが》しながら、人体模型《じんたいもけい》のことを穴《あな》が空《あ》くほど見《み》つめていた。

「オーケー、だいじょうぶだ。なんにもこわくねえ……あんなの、ただのつくりもんだ……」

そうこうしているうちにも、人体模型《じんたいもけい》はこっちに近《ちか》づいてきている。

僕達《ぼくたち》との距離《きょり》は、あと教室《きょうしつ》3つ分《ぶん》ぐらいだ。本当《ほんとう》だったら、いますぐにでも逃《に》げたかったけど、そのタイミングが計《はか》れない。

もしかしたら僕達《ぼくたち》が逃《に》げだそうとするタイミングで、あの人体模型《じんたいもけい》も走《はし》りだすんじゃないだろうか？　そんなことを考《かんが》えると体《からだ》が動《うご》かなかった。

それでも、これ以上近《いじょうちか》づかれたらまずい、そう思《おも》ったときだった。

僕達《ぼくたち》と人体模型《じんたいもけい》とのあいだにある教室《きょうしつ》から、一人《ひとり》の男《おとこ》の子《こ》がひょい、とろうかのほうにできた。

腕時計《うでどけい》をつけているから、他《ほか》の参加者《さんかしゃ》だっていうことがわかる。

たぶんミスターL《エル》の放送《ほうそう》を聞《き》いたあと、様子《ようす》を見《み》るためにろうかにでてきたんだろう。

男《おとこ》の子《こ》は最初《さいしょ》に僕達《ぼくたち》のほうを見《み》て、なにか不思議《ふしぎ》そうな表情《ひょうじょう》をうかべた。

そのあとで僕達《ぼくたち》の視線《しせん》の先《さき》、人体模型《じんたいもけい》のいるほうへと顔《かお》をむける。

そして——

「うわあああああああ！」

「があああああああ！」

「だらあああああああ！」

3つのさけび声《ごえ》がろうかにひびいた。

ひとつ目《め》は、人体模型《じんたいもけい》を見《み》た男《おとこ》の子《こ》のさけび。

2つ目《め》は、男《おとこ》の子《こ》を見《み》た人体模型《じんたいもけい》のさけび。

そして最後《さいご》は、その2つの声《こえ》に反応《はんのう》したツバサ君《くん》のさけびだった。

ツバサ君《くん》はいさましいさけび声《ごえ》をあげると同時《どうじ》に、くるりとうしろをむいて、真《ま》っ先《さき》に逃《に》げだした。

それを合図《あいず》にするように、僕達《ぼくたち》はいっせいに走《はし》りだす。

先頭《せんとう》をツバサ君《くん》が走《はし》って、そのあとに僕《ぼく》とゲンキ君《くん》と朱堂《すどう》さんがつづいて、そのうしろに男《おとこ》の子《こ》がいる。

そして、逃《に》げだす僕達《ぼくたち》を見《み》て、人体模型《じんたいもけい》も走《はし》りだしていた。

「ふざけんなよ！　なんだよあれ！　気持《きも》ち悪《わる》いんだよ！　こわいとかじゃなくて気持《きも》ち悪《わる》いんだよ！」

あくまで『俺《おれ》はこわくないアピール』をつづけるツバサ君《くん》だったけど、いまはもうそんなのどうでもよかった。

とにかくいまはあの人体模型《じんたいもけい》から逃《に》げないといけない。

でも足《あし》の速《はや》さでいうなら、たぶん僕達《ぼくたち》より人体模型《じんたいもけい》のほうが速《はや》い。

だったらこのまま ろうかを走《はし》って逃《に》げるより、どこかの教室《きょうしつ》にかくれたほうがよいのかもしれない。

そう考《かんが》えたときだった。

先頭《せんとう》を走《はし》っていたツバサ君《くん》が、とつぜん途中《とちゅう》にある教室《きょうしつ》のなかに引《ひ》きずりこまれた。

一瞬《いっしゅん》、なにがなんだかわからなかったけど、教室《きょうしつ》のなかから「こっち」という声《こえ》が聞《き》こえて、僕達《ぼくたち》はあわててその教室《きょうしつ》のなかに走《はし》りこむ。

僕《ぼく》がはいって、ゲンキ君《くん》がはいって、朱堂《すどう》さんがはいる。

そして最後《さいご》の男《おとこ》の子《こ》がはいってこようとしたときだった。

男《おとこ》の子《こ》の姿《すがた》がふっと消《き》えた。

もちろんそれは消《き》えたんじゃなくて、追《お》いかけてきた人体模型《じんたいもけい》が、教室《きょうしつ》のなかにはいろうとする男《おとこ》の子《こ》を横《よこ》からさらっていったからだ。

まるで、駅《えき》のホームを電車《でんしゃ》が通《とお》り過《す》ぎるように、男《おとこ》の子《こ》の姿《すがた》が消《き》える。

「うあああああ！」

ろうかのほうから身《み》を切《き》るような男《おとこ》の子《こ》のさけび声《ごえ》が聞《き》こえてくる。

「うあ……っむぐ、んー！」

そしてその声《こえ》は、ものの数秒《すうびょう》でくぐもったものに変《か》わった。

口《くち》を押《お》さえられて、それでも声《こえ》をあげようとすれば、たぶんああいう感《かん》じになるだろう。

そして、それからまた数秒《すうびょう》たつと、そのくぐもった声《こえ》も聞《き》こえなくなった。

心臓《しんぞう》の音《おと》がうるさいくらいに聞《き》こえてくる。

どうなったのかとろうかの様子《ようす》をのぞいてみると、あの人体模型《じんたいもけい》がぐったりとした男《おとこ》の子《こ》をかついで、どこかにつれていくのが見《み》えた。

ペタペタという足音《あしおと》がしだいに遠《とお》ざかっていき、そしていつしか聞《き》こえなくなる。

腕時計《うでどけい》のボタンを押《お》してみると、そこに書《か》かれている数字《すうじ》が『34』に減《へ》っていた。

ということは、さっきの男《おとこ》の子《こ》が失格《しっかく》になったってことだ。

「よかった……行《い》ったみたいだね」

そんなことを考《かんが》えていると、うしろから声《こえ》が聞《き》こえた。

ツバサ君《くん》でも、ゲンキ君《くん》でも、朱堂《すどう》さんの声《こえ》でもない。

この教室《きょうしつ》にはいる前《まえ》に聞《き》こえた、小《ちい》さなささやきのような声《こえ》だ。

そこでようやく僕《ぼく》は教室《きょうしつ》のなかに、数人《すうにん》の子供達《こどもたち》がいることに気《き》づいた。

教室《きょうしつ》のなかは電気《でんき》がついていなかったから、最初《さいしょ》のうちはよく見《み》えなかったけど、しだいに目《め》がなれてくる。

教室《きょうしつ》のなかには僕達以外《ぼくたちいがい》に5人《にん》の子《こ》がいた。

そして僕《ぼく》はその一番手前《いちばんてまえ》にいる男《おとこ》の子《こ》と目《め》があった。

「……だいじょうぶだった？」

身長《しんちょう》は僕《ぼく》と同《おな》じくらい。髪《かみ》は両《りょう》目《め》にかかるぐらいに長《なが》くて、その奥《おく》にひっそりとした目《め》が見《み》える。感情《かんじょう》が読《よ》めないというかなんというか、ともかく不思議《ふしぎ》な感《かん》じがする子《こ》だった。

「あ、ありがとう、えっと……」

「早乙女《さおとめ》ユウ……よろしく」

そう言《い》いながらユウ君《くん》は、静《しず》か

に笑《わら》った。

「おう、おまえユウっていうのか。俺《おれ》の名前《なまえ》は山本《やまもと》ゲンキだ。よろしくな」

すると、横《よこ》で話《はなし》を聞《き》いていたゲンキ君《くん》がずい、と僕《ぼく》の前《まえ》にでてきた。ユウ君《くん》の声《こえ》が小《ちい》さかったっていうのもあるのか、ゲンキ君《くん》の声《こえ》がやけに大《おお》きく感《かん》じてしまう。

「悪《わる》い、おまえ達《たち》！　ちょっと声《こえ》のトーンを落《お》としてもらっていいか？　やつに見《み》つかってしまうかもしれないだろ！」

と、そのとき、教室《きょうしつ》の真《ま》ん中《なか》のほうにいた眼鏡《めがね》の男《おとこ》の子《こ》が、こちらに近《ちか》づきながらそう言《い》ってきた。

けれどその眼鏡《めがね》の男《おとこ》の子《こ》の声《こえ》も、ゲンキ君《くん》ほどではないにしろ、けっこう大《おお》きい。

「いや、ケンイチロウ、おまえも声《こえ》のトーンさげろよ！」

「そう言《い》うなら、ソウタ君《くん》もさげようよぉ」

そのあとで、また別《べつ》の男《おとこ》の子《こ》の声《こえ》と、女《おんな》の子《こ》の声《こえ》が聞《き》こえてくる。

声《こえ》の調子《ちょうし》から、たぶんこの二人《ふたり》は眼鏡《めがね》の男《おとこ》の子《こ》と知《し》りあいなんだろう。

「わかったわかった。さわがしくしたことはあやまるからさ。とりあえず順番《じゅんばん》に自己紹介《じこしょうかい》してもらっていい？　私《わたし》は朱堂《すどう》ジュン。よろしくね」

そのとき朱堂《すどう》さんが僕達《ぼくたち》の前《まえ》にでてきて、その場《ば》をとりしきってくれた。

こういうときの朱堂《すどう》さんはやっぱりたよりになる。

「ん？　そうか、じゃあ俺《おれ》からいこう。俺《おれ》は長嶋《ながしま》ケンイチロウ。みんな気軽《きがる》にケンちゃんとでも呼《よ》んでくれ」

と、眼鏡《めがね》の男《おとこ》の子《こ》が名乗《なの》ると、一瞬《いっしゅん》場《ば》の空気《くうき》がこおった気《き》がした。

それでもすぐさま、となりにいた男《おとこ》の子《こ》がフォローするように自己紹介《じこしょうかい》を始《はじ》める。

「あー、じゃあ次《つぎ》は俺《おれ》な。俺《おれ》は阿部《あべ》ソウタ。ちなみにケンイチロウのことはふつうに名前《なまえ》で呼《よ》んでいいぞ」

「おいソウタ！　なんてことを言《い》うんだ。俺《おれ》はあだ名《な》で呼《よ》ばれたいんだ」

「うるせえ。初対面《しょたいめん》のやつらに自分《じぶん》で考《かんが》えたあだ名《な》を使《つか》わせようとすんな！」

なんだか変《へん》なケンカが始《はじ》まったぞ、と僕《ぼく》は思《おも》う。

「じゃあ最後《さいご》にあんたの名前《なまえ》を聞《き》かせてもらってもいいかな？」

それでも朱堂《すどう》さんはその二人《ふたり》のことをまったく気《き》にする様子《ようす》もなく、最後《さいご》に残《のこ》った女《おんな》の子《こ》に声《こえ》をかけていた。

女《おんな》の子《こ》は二人《ふたり》のケンカを止《と》めようとしていたけれど、朱堂《すどう》さんに声《こえ》をかけられたものだから、どうしたらいいのかわからないようにおろおろとしている。

「あ、え、わ、私《わたし》は木下《きのした》ヒナっていいます。えっと……ケンイチロウ君《くん》のことはふつうに名前《なまえ》で呼《よ》んでます……」

「ヒナァ、おまえまでぇ……」

そんなやりとりを見《み》ながら、ゲンキ君《くん》はゲラゲラと笑《わら》っていた。

とりあえず僕《ぼく》は、いま言《い》われた名前《なまえ》と顔《かお》をもういちど頭《あたま》のなかでくりかえしてみる。

まず、僕《ぼく》のすぐ近《ちか》くにいる不思議《ふしぎ》な感《かん》じのする子《こ》が早乙女《さおとめ》ユウ君《くん》。

次《つぎ》に、眼鏡《めがね》をかけているのが長嶋《ながしま》ケンイチロウ君《くん》(僕《ぼく》もそう呼《よ》ぶことにする)。

そのケンイチロウ君《くん》と言《い》い争《あらそ》っているのが阿部《あべ》ソウタ君《くん》で、二人《ふたり》をなんとかなだめようとしている女《おんな》の子《こ》が木下《きのした》ヒナさんだ。

ぜんぶで4人《にん》……と思《おも》ったとき、僕《ぼく》はあれ？　と首《くび》をかしげた。

僕《ぼく》がさっきこの教室《きょうしつ》のなかで見《み》たのは、ぜんぶで5人《にん》だったはずだ。

ということは、あと一人《ひとり》は……。

「あらあら、ずいぶんとさわがしいですね」

そう思《おも》ったとき、奥《おく》のほうから女《おんな》の子《こ》の声《こえ》が聞《き》こえた。

その声《こえ》に、僕《ぼく》はおもわず体《からだ》をかたくする。

教室《きょうしつ》の奥《おく》にいたのは、髪《かみ》を両端《りょうはじ》でまとめている小《ちい》さな女《おんな》の子《こ》だった。

その子《こ》のことを僕《ぼく》は——いや僕《ぼく》だけじゃなくてゲンキ君《くん》も、朱堂《すどう》さんも、ツバサ君《くん》も知《し》っている。

「お久《ひさ》しぶりです、みなさん。元気《げんき》にしておられましたか？」

大場《おおば》カレンさん。それがその女《おんな》の子《こ》の名前《なまえ》だ。

「なんだ？　知《し》りあいか？」

僕達《ぼくたち》とカレンさんのほうを見《み》ながら、ケンイチロウ君《くん》がそう聞《き》いてくる。

この反応《はんのう》から見《み》るに、カレンさんはケンイチロウ君達《くんたち》の友達《ともだち》というわけじゃなくて、偶《ぐう》然《ぜん》この教室《きょうしつ》にいただけなんだろう。

「知《し》ってはいるけど、それだけだよ。正直《しょうじき》あんまり話《はな》したくないタイプのね」

カレンさんのほうを見《み》て、朱堂《すどう》さんが苦々《にがにが》しげな声《こえ》で言《い》った。

朱堂《すどう》さんがこういうことを言《い》うのはめずらしいんだけど、僕《ぼく》もカレンさんはあまり得意《とくい》なタイプじゃない。

いつもなにかをたくらんでいるような表情《ひょうじょう》をうかべて、僕達《ぼくたち》を馬鹿《ばか》にしてくる。それがカレンさんだ。

「あら、ひどいですね。わたくしはあなた達《たち》とお話《はなし》をしたくてしかたがないのですが。たとえばそう……そこで寝《ね》ている、目《め》つきの悪《わる》

い彼《かれ》のこととか」

目《め》つきの悪《わる》い彼《かれ》、と聞《き》いて僕《ぼく》はあわててツバサ君《くん》をさがす。そういえばこの部屋《へや》にはいってから、ツバサ君《くん》は一言《ひとこと》も話《はな》していない。

ツバサ君《くん》は、ユウ君《くん》の足《あし》もとに白目《しろめ》をむいてたおれていた。

「あ、えっと……その子《こ》は、この教室《きょうしつ》に引《ひ》っぱりこんだときは暴《あば》れてたんだけど、それから急《きゅう》に力《ちから》がぬけちゃって……」

なにかの言《い》いわけをするように、ユウ君《くん》が事情《じじょう》を説明《せつめい》しはじめる。

その声《こえ》を聞《き》いて思《おも》いだしたけど、この教室《きょうしつ》にはいる前《まえ》に聞《き》こえた「こっち」っていうのは、たぶんユウ君《くん》が言《い》ってくれた言葉《ことば》だ。だったら、改《あらた》めてお礼《れい》を言《い》わなくちゃいけない。

なんてことを考《かんが》えていると、ゲンキ君《くん》がツバサ君《くん》の顔《かお》をぺちぺちとたたきはじめた。

「おい、ツバサ、だいじょうぶか？　おーい」

すると、ツバサ君《くん》は「うーん」という声《こえ》をだして、ゆっくりと目《め》をひらいた。

「お、気《き》がついた。だいじょうぶかツバサ？」

ツバサ君《くん》が目《め》を覚《さ》ますのを見《み》て、カレンさんは教室《きょうしつ》の奥《おく》でくすくすと笑《わら》っている。

「おおかた、こわくて気《き》を失《うしな》ったんでしょう？　この部屋《へや》に引《ひ》きずりこまれたときの彼《かれ》のあわてぶりときたら……ああ、録画《ろくが》しておいたほうがよかったでしょうか？」

「……なにがなんだかわかんねーけど、なんでその女《おんな》があそこにいやがるんだ」

目《め》を覚《さ》ましたツバサ君《くん》は、奥《おく》のほうにいるカレンさんのことをにらみつける。

けれどカレンさんは両肩《りょうかた》をすくめて、僕達《ぼくたち》から視線《しせん》をはずした。

あいかわらずのカレンさんを見《み》て、僕《ぼく》はちょっと安心《あんしん》する。

くりかえすけど、僕《ぼく》はカレンさんのことは苦手《にがて》だ。

えらそうで、口《くち》が悪《わる》くて、いつも僕達《ぼくたち》を馬鹿《ばか》にしてくる。

――でも、それがぜったいにぶれることはない。

よくも悪《わる》くも、ぜったいにまがらない『自分《じぶん》』っていうものをカレンさんは持《も》っている。

相手《あいて》によって態度《たいど》を変《か》える。そういうことをカレンさんはしない。

相手《あいて》がだれであろうと、全力《ぜんりょく》で相手《あいて》を打《う》ち負《ま》かそうとする。

だから僕《ぼく》はカレンさんのことは苦手《にがて》だけれども、きらいってわけじゃない。

そんなことを考《かんが》えていると、ツバサ君《くん》はカレンさんから、ユウ君《くん》やケンイチロウ君達《くんたち》のほうへと視線《しせん》をうつした。

そして次《つぎ》に、説明《せつめい》を求《もと》めるような目《め》で僕達《ぼくたち》のほうをむく。

そこで僕《ぼく》は、ツバサ君《くん》にざっくりとみんなのことを説明《せつめい》したあと、ツバサ君《くん》にも自己紹《じこしょう》介《かい》をさせた。

「……なるほど、つまり俺《おれ》はおまえに助《たす》けられたってことか……あんがとな」

初対面《しょたいめん》だっていうこともあるのか、ツバサ君《くん》はユウ君《くん》に対《たい》して気《き》まずそうにしながらお礼《れい》を言《い》う。

とりあえずこれで一段落《いちだんらく》ついたかな、と思《おも》っていると、みんなの視線《しせん》が僕《ぼく》のほうに集《あつ》まりはじめた。

「……？」

なんだろう？　と思《おも》ったけど、すぐに僕《ぼく》はその視線《しせん》の意味《いみ》に気《き》づく。

このなかで僕《ぼく》だけが、まだ自己紹介《じこしょうかい》をしていなかったのだ。

「あ、ごめん。僕《ぼく》の自己紹介《じこしょうかい》がまだだったね。ええと、僕《ぼく》は桜井《さくらい》リクっていいます……よろしくお願《ねが》いします」

僕《ぼく》が自己紹介《じこしょうかい》を終《お》えると、もういちど教室《きょうしつ》のなかの空気《くうき》がこおりついたような気《き》がした。

いや、正確《せいかく》には僕達《ぼくたち》というよりケンイチロウ君達《くんたち》が固《かた》まってしまったのだ。

なにか変《へん》なこと言《い》っただろうか、と心《こころ》のなかであせっていると、ソウタ君《くん》がゆっくりと口《くち》をひらいた。

「リクってたしか……前回《ぜんかい》と前々回《ぜんぜんかい》のときに優勝《ゆうしょう》したやつだよな？」

その言葉《ことば》に、僕《ぼく》はぐっと奥歯《おくば》をかみしめた。

くりかえしになるけど、僕《ぼく》は2回《かい》ラストサバイバルに優勝《ゆうしょう》している。

『なんでそんなやつが、今回《こんかい》も参加《さんか》してやがるんだ』

そう言《い》われることを僕《ぼく》は覚悟《かくご》した。

だけどその直後《ちょくご》、ペタペタ、という音《おと》がろうかのほうから聞《き》こえてきた。

人体模型《じんたいもけい》が歩《ある》くときに聞《き》こえる、あの音《おと》だ。

「――っ！」

その音《おと》が聞《き》こえた瞬間《しゅんかん》、全員《ぜんいん》が姿勢《しせい》を低《ひく》くして、つくえとつくえのあいだに身《み》をかくす。

たとえばこれが昼間《ひるま》だったらそんなに意味《いみ》はないだろうけど、いまは夜《よる》で、しかも教室《きょうしつ》の電気《でんき》が消《き》えているから、かなり見《み》えづらくなっているはずだ。

ペタペタという音《おと》が、しだいに大《おお》きくなってくる。

そして、人体模型《じんたいもけい》は僕達《ぼくたち》のいる教室《きょうしつ》の前《まえ》で立《た》ち止《ど》まった。

教室《きょうしつ》の扉《とびら》はしまっていないから、人体模型《じんたいもけい》のシルエットがはっきりと映《うつ》しだされている。

早《はや》く行《い》け、と僕《ぼく》は思《おも》う。

けれど、人体模型《じんたいもけい》はゆっくりと教室《きょうしつ》のなかにはいってきた。

教室《きょうしつ》のなかは暗《くら》いけれど、それでもおたがいの顔《かお》が見《み》えないってほどじゃない。

ふつうだったらすぐにばれる。

だけど人体模型《じんたいもけい》は、僕達《ぼくたち》を見《み》つけたっていうそぶりは見《み》せていない。

おそらく人体模型《じんたいもけい》は僕達《ぼくたち》を見《み》つけたら、雄叫《おたけ》びに似《に》た声《こえ》をあげるはずだ。

それがないってことは、僕達《ぼくたち》はまだ見《み》つかっていないってことだ。

そういうことを考《かんが》えているうちにも、人体模型《じんたいもけい》はこちらに近《ちか》づいてくる。

このままいけば、人体模型《じんたいもけい》は僕《ぼく》のすぐ横《よこ》を通《とお》り過《す》ぎていくはずだ。

心臓《しんぞう》の音《おと》がやけにうるさい。

できることなら、すぐにでも気《き》を失《うしな》ってしまいたい。

そして人体模型《じんたいもけい》が、ちょうど僕《ぼく》の真横《まよこ》にくる。

ここまで近《ちか》づかれたら、僕《ぼく》はもうなにもできない。

逃《に》げることはもちろん、立《た》ちむかうことだってできない。

けれど人体模型《じんたいもけい》はそんな心配《しんぱい》をよそに、僕《ぼく》の横《よこ》を通《とお》り過《す》ぎていく。

よかった、と僕《ぼく》は心《こころ》のなかでほっと胸《むね》をなでおろす。

そのときだった。

がん、という音《おと》が教室《きょうしつ》のなかで聞《き》こえた。

ゆっくりと動《うご》こうとして、つくえにぶつかった——そんなかわいい音《おと》じゃない。

だれかがわざとつくえをけりとばしたような、それほどまでに大《おお》きな音《おと》だ。

その音《おと》で、人体模型《じんたいもけい》の動《うご》きが止《と》まる。

そしてゆっくりとうしろをふりかえり、むきだしの目玉《めだま》でぎょろりと僕《ぼく》をにらみつけた。

そして——

「があああああああ！」

というさけび声《ごえ》をあげる。

その瞬間《しゅんかん》「逃《に》げろ！」という声《こえ》が教室中《きょうしつじゅう》にひびきわたった。

その声《こえ》を聞《き》いた瞬間《しゅんかん》、いっせいにゲンキ君達《くんたち》が走《はし》りだす。

僕《ぼく》もほとんどパニックになりながら、人体模型《じんたいもけい》から逃《に》げだそうとする。

うしろをふりかえることはできなかった。

うしろをむいて、前《まえ》をむきなおす時間《じかん》すら、いまの僕《ぼく》にはおしい。

つくえのあいだをかいくぐり、薄暗《うすぐら》い明《あ》かりのともるろうかへと飛《と》びだす。

そして僕《ぼく》は全力《ぜんりょく》で、ゲンキ君達《くんたち》のうしろを追《お》いかける。

先頭《せんとう》を走《はし》っているのはゲンキ君《くん》だ。そのうしろにツバサ君《くん》、ケンイチロウ君《くん》、ソウタ君《くん》、ヒナさん、ユウ君《くん》とつづいている。

あれ？　とそれを見《み》て僕《ぼく》は思《おも》った。

そのなかに朱堂《すどう》さんがいない。

　そしておかしいことがもうひとつあった。

　人体模型《じんたいもけい》が追《お》いかけてこない。

　その代《か》わりに獣《けもの》のうなり声《ごえ》のようなものが、さっきまで僕達《ぼくたち》がいた教室《きょうしつ》のほうから聞《き》こえてくる。

　まさか、と僕《ぼく》は思《おも》う。

　そんなはずはない、と僕《ぼく》は思《おも》う。

　ダメだとわかっていても、僕《ぼく》はふりむかずにはいられなかった。

　うしろをふりむいた瞬間《しゅんかん》、僕《ぼく》はすぐに朱堂《すどう》さんを見《み》つけた。

　朱堂《すどう》さんは僕達《ぼくたち》を追《お》いかけようとする人体模型《じんたいもけい》の腰《こし》にしがみつい

て、それ以上前《いじょうまえ》へと進《すす》ませないようにしている。
いくら朱堂《すどう》さんといえど、いつまでもああしてはいられないだろう。
けれど朱堂《すどう》さんは僕《ぼく》のほうを見《み》て笑《わら》ってくれた。
先《さき》に行《い》け、とそういうことだ。
つかまるなよ、とそういうことだ。
ぎり、と僕《ぼく》は奥歯《おくば》をかみしめる。
いまにも泣《な》きだしそうになった気持《きも》ちをかみくだく。
そうして僕達《ぼくたち》はその場《ば》から逃《に》げだした。
朱堂《すどう》さんを見捨《みす》てて。
朱堂《すどう》さんを犠牲《ぎせい》にして。

サバイバル鬼《おに》ごっこ——残《のこ》りは33人《にん》だ。

② 学《がっ》校《こう》のこわいやつら

出場《しゅつじょう》有力《ゆうりょく》選手《せんしゅ》

〈優勝《ゆうしょう》まで残《のこ》り33人〉

夜《よる》の学校《がっこう》を僕達《ぼくたち》は走《はし》っている。

ふつうだったら先生《せんせい》に怒《おこ》られるところだけど、この学校《がっこう》に先生《せんせい》はいない。

代《か》わりに、気持《きも》ちの悪《わる》い人体模型《じんたいもけい》が僕達《ぼくたち》をつかまえようとうろついている。

その人体模型《じんたいもけい》から逃《に》げるために、僕達《ぼくたち》はいま走《はし》っている。

先頭《せんとう》を走《はし》っているのがゲンキ君《くん》で、ツバサ君《くん》、ケンイチロウ君《くん》、ソウタ君《くん》、ヒナさん、ユウ君《くん》、そして僕《ぼく》とつづいている。

朱堂《すどう》さんはいない。

朱堂《すどう》さんはいまさっき、僕達《ぼくたち》を守《まも》るために人体模型《じんたいもけい》につかまった。

おちこんでいるヒマはない。

それでもどこか、心《こころ》のなかにぽっかりと穴《あな》が空《あ》いたような気《き》がする。

頭《あたま》のなかをきりかえなくちゃいけないのに、朱堂《すどう》さんのことばかり考《かんが》えている。

まだほんの少《すこ》ししか走《はし》っていないのに、息《いき》がきれてきた。

うまい具合《ぐあい》に力《ちから》がはいらない。

最悪《さいあく》だ、と僕《ぼく》は思《おも》う。

そう僕《ぼく》が思《おも》ったとき、前《まえ》を走《はし》っていたユウ君《くん》が、少《すこ》しずつ走《はし》るスピードをゆるめてきた。

いや、正確《せいかく》にはユウ君《くん》がじゃなくて、その前《まえ》にいるヒナさんが、だ。

耳《みみ》をすませば、ヒナさんの息《いき》がかなり荒《あら》くなっているのがわかる。

「ゲンキ君《くん》！　待《ま》って！」

僕《ぼく》はあわてて、先頭《せんとう》を走《はし》っていたゲンキ君《くん》のことを呼《よ》び止《と》める。

「どうしたリク――うおっ！」

「おい、ゲンキ、いきなり立《た》ち止《ど》まんじゃ――ぐわぁ！」

急《きゅう》にゲンキ君《くん》が立《た》ち止《ど》まったせいで、うしろにいたツバサ君《くん》がそのままぶつかった。

だいじょうぶかな？　と僕《ぼく》は心《こころ》のなかで少《すこ》しあせったけど、すぐさま二人《ふたり》が立《た》ちあがったのを見《み》てほっと息《いき》をつく。

ゲンキ君達《くんたち》はだいじょうぶだとして、心配《しんぱい》なのはヒナさんのほうだ。

「ヒナさん、だいじょうぶ？」

「はぁ、はぁ、はぁ……」

ヒナさんは下《した》をむいた状態《じょうたい》で、かなりつらそうに息《いき》をしている。

全力《ぜんりょく》で走《はし》ったっていうのもあるだろうけど、あの人体模型《じんたいもけい》から逃《に》げなくちゃいけないっていうのが精神的《せいしんてき》にきついんだろう。

「ひとまず近《ちか》くの教室《きょうしつ》にはいろう。いつあいつがくるかわからないし……」

ユウ君《くん》の言葉《ことば》に僕《ぼく》はうなずき、すぐ近《ちか》くにあった教室《きょうしつ》の扉《とびら》をあける。

なかの様子《ようす》をざっと確認《かくにん》したけれど、他《ほか》に参加者《さんかしゃ》はいないみたいだった。

とりあえず、ヒナさんを近《ちか》くのイスに座《すわ》らせて様子《ようす》を見《み》る。

少《すこ》しはおちついてきたみたいだけど、すぐには出発《しゅっぱつ》できそうにない。

そうこうしているうちに、ゲンキ君達《くんたち》が教室《きょうしつ》のなかにはいってきて、入《い》り口《ぐち》のところにつくえを積《つ》みあげはじめた。もちろんそれは、あの人体模型《じんたいもけい》がかんたんに教室《きょうしつ》のなかにはいってこられないようにするためだ。

「よし、これで一息《ひといき》つけるな」

つくえを運《はこ》び終《お》わったあとで、ゲンキ君《くん》がイスに腰《こし》をかける。パッと見《み》たところ、ケガとかはしていないらしい。

「ゲンキ、おまえマジで覚《おぼ》えてろよ……」

そして、ゲンキ君《くん》のとなりに、ツバサ君《くん》が肩《かた》をさすりながら座《すわ》る。

「ん？　そういえばあの女子《じょし》二人《ふたり》が見《み》あたらないが、ちがう方向《ほうこう》に逃《に》げたのか？」

すると、ケンイチロウ君《くん》が教室《きょうしつ》のなかを見《み》ながらそんなことをつぶやいた。

「ああ、たしか……朱堂《すどう》とカレンって言《い》ったか？」

ケンイチロウ君《くん》の言葉《ことば》に、ソウタ君《くん》が反応《はんのう》する。

たぶん二人《ふたり》は逃《に》げることに必死《ひっし》で、朱堂《すどう》さんが人体模型《じんたいもけい》を止《と》めていたことを知《し》らないんだろう。

カレンさんについては……まあ心配《しんぱい》しなくてもだいじょうぶだ。僕《ぼく》が言《い》うのもあれだけど、あのていどで脱落《だつらく》するような子《こ》じゃない。

カレンさんのことはいいとして、朱堂《すどう》さんのことは言《い》っておいたほうがいいかな？　と、僕《ぼく》は思《おも》う。

けれど、僕《ぼく》のその考《かんが》えはケンイチロウ君《くん》の一言《ひとこと》で、どこかへ吹《ふ》きとんでいってしまった。

「まあ、脱落《だつらく》していたら脱落《だつらく》していたでいいけどな」

僕《ぼく》は初《はじ》め、ケンイチロウ君《くん》の言《い》っていることがわからなかった。

少《すく》なくとも僕《ぼく》には『朱堂《すどう》さんが脱落《だつらく》してよかった』と言《い》っているようにしか聞《き》こえない。

そしてそのケンイチロウ君《くん》の言葉《ことば》に、ソウタ君《くん》もうなずいていた。

「言《い》われてみりゃそうだな。特《とく》にあの朱堂《すどう》ってやつはかなり足《あし》が速《はや》そうだったし……」

「ちょっと待《ま》ってよ。それどういう意味《いみ》？」

がまんできずに僕《ぼく》は口《くち》をはさんでいた。

僕《ぼく》の言葉《ことば》に、ケンイチロウ君《くん》はなにかに気《き》がついたようにハッと目《め》を見《み》ひらく。

「いや、別《べつ》に俺《おれ》はそういう意味《いみ》で言《い》ったんじゃ……」

「だから、どういう意味《いみ》でそんなことを言《い》ったのかって聞《き》いてるんだけど？」

かなりトゲのある言《い》い方《かた》になっているのが、自分《じぶん》でもわかった。

そんな僕《ぼく》を見《み》て、ソウタ君《くん》の表情《ひょうじょう》が険《けわ》しいものに変《か》わる。

「……ライバルは少《すく》ないほうがいいだろ？　最後《さいご》に優勝《ゆうしょう》するのは一人《ひとり》なんだからよ」

ソウタ君《くん》が言《い》っていることの意味《いみ》はわかる。

朱堂《すどう》さんは、見《み》た目《め》どおりかなり足《あし》が速《はや》い。

足《あし》が速《はや》いってことは、それだけ人体模型《じんたいもけい》から逃《に》げやすいってことでもある。

その朱堂《すどう》さんがいなくなるってことは、それだけ自分達《じぶんたち》の優勝《ゆうしょう》が近《ちか》づいたってことだ。言《い》っていることはわかる。

だからといって『そのとおりだね』と言《い》うつもりはまったくない。

「じゃあのとき、つくえをけりとばしたのは二人《ふたり》のうちのどっちかなのかな？　そうすれば他《ほか》の子《こ》が脱落《だつらく》すると思《おも》ったんでしょ？　自分《じぶん》が優勝《ゆうしょう》したいんだったら、それぐらいはするだろうしね」

「2回《かい》も優勝《ゆうしょう》したやつに言《い》われたくはないな」

僕《ぼく》の言葉《ことば》の途中《とちゅう》で、ケンイチロウ君《くん》がたちきるように言《い》った。

そんな僕達《ぼくたち》のことを見《み》かねたのか、ツバサ君《くん》が大《おお》きなため息《いき》をつく。

「おいリク、その辺《へん》にしとけ。それに、つくえをけりとばしたのはどうせあいつだろ？」

ツバサ君《くん》の言《い》ったあいつ、とはカレンさんのことだ。

「ツバサ君《くん》も同《おな》じこと思《おも》ってるの？」

「そりゃそうだろ。あの状況《じょうきょう》であんなことするやつなんて……」

「そうじゃなくてさ。ツバサ君《くん》も朱堂《すどう》さんがいなくなってよかったって思《おも》ってるの？」

「……なんだと？」

その瞬間《しゅんかん》、教室中《きょうしつじゅう》の空気《くうき》がはりつめたものに変《か》わる。

緊迫《きんぱく》した空気《くうき》のまま、ゆっくりと時間《じかん》が流《なが》れていく。

そして、その沈黙《ちんもく》をやぶったのはゲンキ君《くん》だった。

「おいおい、おまえら。なにむずかしそうな顔《かお》してんだよ」

ゲンキ君《くん》の声《こえ》は、いつもと同《おな》じように明《あか》るかった。

だけどいまの僕《ぼく》にとって、その明《あか》るさはただうっとうしいだけだ。

「なあリク。ケンイチロウ達《たち》も悪気《わるぎ》があって言《い》ったわけじゃねえんだから、そんないじわる言《い》うなよ」

「悪気《わるぎ》がなかったら、なにを言《い》ってもいいっていうの？」

「よくはねえよ。でも、別《べつ》にケンイチロウ達《たち》は朱堂《すどう》のことを馬鹿《ばか》にしてるわけじゃないだろ？　俺《おれ》にはどちらかというと、朱堂《すどう》のことを認《みと》めていたように聞《き》こえたけどな」

「……っ」

ゲンキ君《くん》の言葉《ことば》に、僕《ぼく》はなにも言《い》いかえせなかった。

たしかにケンイチロウ君達《くんたち》は、朱堂《すどう》さんのことを馬鹿《ばか》にはしていない。むしろ、朱堂《すどう》さんの実力《じつりょく》を認《みと》めているから、あんなことを言《い》ったんだ。

「納得《なっとく》できねえのはわかる。やつあたりしてえ気持《きも》ちもわかる。でもそれでケンカになるのはダメだ。それは俺《おれ》がぜったいにやめさせてやる」

有無《うむ》を言《い》わせない力強《ちからづよ》さで、ゲンキ君《くん》はそう言《い》いきった。

そして僕《ぼく》にそう言《い》いきったあとで、今度《こんど》はケンイチロウ君達《くんたち》のほうをむく。

「ケンイチロウ、ソウタ。おまえ達《たち》だってそうだぜ。優勝《ゆうしょう》してえっつうのはいいけど、友達《ともだち》が脱落《だつらく》してよかったなんて言《い》われたら、こっちもだまっていられねえよ」

そう言《い》われて、二人《ふたり》ともどこか気《き》まずそうな表情《ひょうじょう》をうかべた。

「ってなわけでこの話《はなし》は終《お》わりだ。せっかくいっしょになれたんだから、楽《たの》しくいこうぜ」

ぱん、と両手《りょうて》をたたいて、ゲンキ君《くん》が笑《わら》う。それだけで、教室《きょうしつ》のなかが少《すこ》し明《あか》るくなった気《き》がした。

「それで、けっきょくこれからどうするんだ？」

すると、ツバサ君《くん》がちらりとヒナさんのほうを見《み》ながら言《い》った。

ヒナさんの呼吸《こきゅう》はだいぶおちついてきたけれど、だからといってどこか行《い》くあてがあるわけでもない。

そもそも今回《こんかい》の大会《たいかい》は、最後《さいご》まで人体模型《じんたいもけい》につかまらなければいいだけの話《はなし》だから、逃《に》げようがかくれようがどっちでもいいのだ。

「とりあえず入《い》り口《ぐち》はふさいでいるから、そうかんたんにあいつははいってこられないと思《おも》うけど……」

小《ちい》さな声《こえ》でつぶやきながら、ユウ君《くん》は自分《じぶん》の腕時計《うでどけい》をいじりはじめる。

そのとき、教室《きょうしつ》の前《まえ》のほうの扉《とびら》から、こんこん、という音《おと》がした。

その音《おと》がした瞬間《しゅんかん》、教室中《きょうしつじゅう》に緊張《きんちょう》が走《はし》る。

人体模型《じんたいもけい》!?

と僕達《ぼくたち》が身構《みがま》えていると、ゆっくりと教室《きょうしつ》の扉《とびら》があいた。

扉《とびら》をあけたのは、人体模型《じんたいもけい》ではなくてカレンさんだった。

どちらにしても、入《い》り口《ぐち》のところにはつくえが積《つ》みあがっているから、教室《きょうしつ》のなかにはいってくることはできない。

「へえ、ずいぶんとすごいものをつくりましたね。文化祭《ぶんかさい》にでも展示《てんじ》するんですか？」

カレンさんはその積《つ》みあがったつくえを見《み》て、感心《かんしん》するように……あるいは僕達《ぼくたち》を馬鹿《ばか》にするようにそんなことを言《い》った。

「てめぇ、なにしにきやがった。またつくえでもけっとばしにきたか？」

ツバサ君《くん》が心《こころ》の底《そこ》からいやそうな声《こえ》で、カレンさんに話《はな》しかける。

カレンさんはツバサ君《くん》の声《こえ》を聞《き》いて、わざとらしく両肩《りょうかた》をすくめた。

「あら、先《さき》ほどつくえをけりとばしたのはあなたでしょう？　わたくし、ちゃんと見《み》ていたんですよ」

というカレンさんの言葉《ことば》に、ケンイチロウ君達《くんたち》はおどろいたような顔《かお》でツバサ君《くん》のほうを見《み》る。

「……あんなもん、うそにきまってんだろ。見《み》ろ、おまえらの反応《はんのう》見《み》て笑《わら》ってるぞ？」

ツバサ君《くん》の言《い》うとおり、カレンさんは疑《うたが》われているツバサ君《くん》を見《み》て、けらけらと笑《わら》っている。その様子《ようす》を見《み》て、ケンイチロウ君達《くんたち》もうそだってことに気《き》づいたようだった。

「あはは、こんなかんたんに疑《うたが》われるなんて、よっぽど信頼《しんらい》されていないんですね」

「……気《き》がすんだら、さっさとどっかに行《い》きやがれ」

「そんないじわる言《い》わないでくださいな。そうだ。せっかくですから耳《みみ》よりの情報《じょうほう》を教《おし》えてあげましょう。それに加《くわ》えて、いくつかアドバイスなどもいっしょにいかがですか？」

耳《みみ》よりの情報《じょうほう》と言《い》われて、少《すこ》しだけツバサ君《くん》が反応《はんのう》した。

けれどもちろん「教《おし》えてくれ」ということをツバサ君《くん》は言《い》わない。

「知《し》りたいですか？　それでは教《おし》えてあげましょう。お礼《れい》はいりませんよ。わたくしがかってに話《はな》すことですから」

教室《きょうしつ》の外《そと》で、カレンさんが人《ひと》さし指《ゆび》をピンと立《た》てる。

そのとき、教室中《きょうしつじゅう》の視線《しせん》はすべてカレンさんのほうへむけられていた。

「まずひとつ目《め》、人体模型《じんたいもけい》は時間《じかん》がたつにつれてどんどんと増《ふ》えていっているようですね」

その言葉《ことば》に、さっきまで腕時計《うでどけい》を見《み》ていたユウ君《くん》がうなずく。

「……どうりで、参加者《さんかしゃ》の減《へ》りが早《はや》いと思《おも》った」

それを聞《き》いて、僕《ぼく》も腕時計《うでどけい》のボタンを押《お》して、残《のこ》りの人数《にんずう》を確認《かくにん》する。

朱堂《すどう》さんがいなくなったとき、33と表示《ひょうじ》されていたものが、いまでは28にまで減《へ》っている。たしかに人体模型《じんたいもけい》が1体《たい》しかいないとしたら、この減《へ》り方《かた》は早《はや》すぎる。

「2つ目《め》、どうやら人体模型《じんたいもけい》は明《あ》かりがついている教室《きょうしつ》によってくるみたいです。ですから、いまこうやって電気《でんき》を消《け》しているのは正解《せいかい》ですね」

次《つぎ》にカレンさんは、2本目《ほんめ》の指《ゆび》を立《た》てて説明《せつめい》をつづける。

教室《きょうしつ》の電気《でんき》をつけないとまわりが見《み》えにくくはなるけど、それでもあの人体模型《じんたいもけい》がこないっていうんならそっちのほうがいい。

「3つ目《め》、あの人体模型《じんたいもけい》ですが、だれかをつかまえているあいだは、他《ほか》の参加者《さんかしゃ》には見《み》むきもしないようですね」

そういえば、最初《さいしょ》の人体模型《じんたいもけい》は男《おとこ》の子《こ》をつかまえたあと、教室《きょうしつ》のなかにはいってくることはなかった。

どうやら、カレンさんの言《い》っていることは、まったくのでたらめってわけじゃなさそうだ。

「そして最後《さいご》に……」

そう言《い》いながら、カレンさんは積《つ》みあがっているつくえのあいだに手《て》をさしこんで、教《きょう》室《しつ》の前《まえ》のほうにあるスイッチに指《ゆび》をあてた。

「これは情報《じょうほう》というよりはアドバイスですが、こういうバリケードのようなものはつくらないほうがよいと思《おも》いますよ。自分《じぶん》で逃《に》げ道《みち》をふさぐようなものですから」

いったいなにを？　と思《おも》った直後《ちょくご》、カレンさんは僕達《ぼくたち》のいる教室《きょうしつ》の電気《でんき》をつける。

まぶしいとまではいかなくても、あまりにもとつぜんのことに一瞬《いっしゅん》だけ目《め》がくらんだ。

「おまえ、なにして――」

あわててソウタ君《くん》が電気《でんき》を消《け》そうと、教室《きょうしつ》の前《まえ》のほうに行《い》こうとした。

そのとき、カレンさんはスイッチから手《て》をはなしたあとでにやりと笑《わら》い、入《い》り口《ぐち》に積《つ》んであったつくえをけりとばす。

どわあああ！

すさまじい音《おと》を立《た》てて、つくえがくずれていく。

だれかが下敷《したじ》きになるってことはなかったけれど、スイッチまでの道《みち》のりにつくえが散《さん》乱《らん》している状態《じょうたい》になってしまった。

すでに教室《きょうしつ》の外《そと》にカレンさんはいなくなっている。

「あの女《おんな》、なに考《かんが》えてんだ！」

そう言《い》いながら、ソウタ君《くん》は散乱《さんらん》しているつくえをむりやりまたいで、スイッチのほうへと近《ちか》づいていく。

そのとき、僕《ぼく》はいやな予感《よかん》がした。

カレンさんが僕達《ぼくたち》にこういうことをするときには、いやがらせ以上《いじょう》のなにかがある。

そのなにかはわからなかったけど、このままソウタ君《くん》をスイッチに近《ちか》づかせたらダメだということはわかった。

「ソウタ君《くん》！　ダメ！」

と僕《ぼく》が言《い》ったときには、もうおそかった。

ソウタ君《くん》はすでにスイッチのすぐ近《ちか》くまで進《すす》んでいて、教室《きょうしつ》の電気《でんき》を消《け》そうと手《て》をのばしている。

そしてそのスイッチにのばした手《て》が、教室《きょうしつ》の外《そと》にいただれかにつかまれていた。

ソウタ君《くん》の手《て》をつかんだのは、人体模型《じんたいもけい》の腕《うで》だった。

おそらく、つくえのくずれる音《おと》を聞《き》きつけた人体模型《じんたいもけい》が、ここまで近《ちか》づいてきていたんだろう。

そして、ソウタ君《くん》の手《て》をつかんだ人体模型《じんたいもけい》がゆっくり顔《かお》をのぞかせる。

むきだしになった目玉《めだま》でソウタ君《くん》のほうを見《み》たあと、人体模型《じんたいもけい》はむりやりソウタ君《くん》を教《きょう》室《しつ》の外《そと》へと引《ひ》きずりだした。


「うわああああ！」


ソウタ君《くん》のさけび声《ごえ》が聞《き》こえる。

背筋《せすじ》がこおりつくようなさけび声《ごえ》。

だけど僕《ぼく》はそのとき、そのさけび声《ごえ》とはまたちがうことを考《かんが》えていた。

いま、僕達《ぼくたち》のいる教室《きょうしつ》の前《まえ》のほうにはつくえが散乱《さんらん》していて、うしろのほうにはつくえが積《つ》みあがっている。

そして、ソウタ君《くん》のがんばりもむなしく、教室《きょうしつ》の電気《でんき》はついたままだ。

もし、他《ほか》の人体模型《じんたいもけい》がこの教室《きょうしつ》にはいってきたら、僕達《ぼくたち》はもう逃《に》げられない。

逃《に》げるなら、他《ほか》の人体模型《じんたいもけい》がこの教室《きょうしつ》に近《ちか》づいてくる前《まえ》――つまり、いましかない。

「逃《に》げるぞ！」

そして、それを最初《さいしょ》に指示《しじ》したのはケンイチロウ君《くん》だった。

教室《きょうしつ》の前《まえ》のほうにちらばっているつくえを横《よこ》にどかし、みんなが逃《に》げるための道《みち》をつくっていく。

そのあいだも教室《きょうしつ》の外《そと》からは、ソウタ君《くん》のさけび声《ごえ》が聞《き》こえつづけていた。

この教室《きょうしつ》から逃《に》げるってことは、教室《きょうしつ》の外《そと》でつかまっているソウタ君《くん》の横《よこ》を通《とお》り過《す》ぎていくってことだ。

『だれかをつかまえているあいだは、他《ほか》の参加者《さんかしゃ》には見《み》むきもしない』

カレンさんの言《い》ったことを聞《き》くのは正直《しょうじき》いやだったけど、迷《まよ》っている時間《じかん》はない。

僕《ぼく》はすぐさまケンイチロウ君《くん》のあとにつづいて、つくえを横《よこ》にどかしはじめる。

そしてなんとか一人分《ひとりぶん》の道《みち》をつくったところで、ケンイチロウ君《くん》がろうかに飛《と》びだした。

「よし、道《みち》ができたぞ！　おまえら早《はや》く外《そと》に……」

だけど、ケンイチロウ君《くん》はその言葉《ことば》を最後《さいご》まで言《い》うことができなかった。

ケンイチロウ君《くん》がろうかにでた瞬間《しゅんかん》、ソウタ君《くん》の声《こえ》がとぎれたからだ。

ろうかでは人体模型《じんたいもけい》がしゃがみこんで、ソウタ君《くん》の体《からだ》を押《お》さえつけている。

それなのにソウタ君《くん》は暴《あば》れている様子《ようす》もなく、動《うご》いている様子《ようす》すらない。

手《て》おくれだ、というのがすぐにわかった。

「……っ行《い》くぞ！」

そのソウタ君《くん》を見《み》て、ケンイチロウ君《くん》が覚悟《かくご》をきめたように走《はし》りだした。

そのとき、ヒナさんは教室《きょうしつ》からでていたけれど、ゲンキ君達《くんたち》はまだ外《そと》にでられていない。

「先《さき》行《い》ってろ、リク！」

ゲンキ君《くん》に言《い》われて、僕《ぼく》はケンイチロウ君《くん》のあとを追《お》いかける。

ゲンキ君達《くんたち》がちゃんとついてこれるかが不安《ふあん》だったけど、その心配《しんぱい》はいらなかった。

僕《ぼく》とヒナさんがケンイチロウ君《くん》に追《お》いつくころには、ゲンキ君達《くんたち》も教室《きょうしつ》から脱出《だっしゅつ》できているのが見《み》えたからだ。

あとはゲンキ君達《くんたち》が僕達《ぼくたち》に追《お》いつけば——そう思《おも》ったときだった。

ゲンキ君達《くんたち》がいる場所《ばしょ》と、僕達《ぼくたち》がいる場所《ばしょ》のあいだにある教室《きょうしつ》から、人体模型《じんたいもけい》がのそりとあらわれた。

もちろんそれは、ソウタ君《くん》をおそった人体模型《じんたいもけい》とは別《べつ》の人体模型《じんたいもけい》だ。

「マジかよ、ちくしょう！」

ゲンキ君達《くんたち》は、とつぜん目《め》の前《まえ》にあらわれた人体模型《じんたいもけい》を見《み》て、あわててもときた道《みち》を引《ひ》きかえす。


「があああ！」


そしてその人体模型《じんたいもけい》は、ゲンキ君達《くんたち》のほうじゃなくて僕達《ぼくたち》のほうへとかけだしてきた。

まずいことになった、と僕《ぼく》は思《おも》う。

人体模型《じんたいもけい》に追《お》いかけられているってこともそうだけど、ゲンキ君達《くんたち》とはなればなれになったっていうほうがきびしい。

いま人体模型《じんたいもけい》に追《お》われているのは、僕《ぼく》、ヒナさん、ケンイチロウ君《くん》の三人《にん》だ。

ゲンキ君達《くんたち》のほうにはゲンキ君《くん》、ツバサ君《くん》、ユウ君《くん》の三人《にん》がいる。

このままだと、追《お》いつかれるのは時間《じかん》の問題《もんだい》だ。

ケンイチロウ君《くん》はだいじょうぶそうだけど、ヒナさんが目《め》に見《み》えておそくなってきた。

僕《ぼく》だって、体力《たいりょく》によゆうがあるわけじゃない。

人体模型《じんたいもけい》との距離《きょり》がどんどんと縮《ちぢ》まっているのがわかる。

さてどうするか？　と僕《ぼく》は思《おも》う。

このまま逃《に》げきるのは、たぶん無理《むり》だ。

どこかの教室《きょうしつ》にかくれるっていうのも、いちど人体模型《じんたいもけい》をふりきってからじゃないと意《い》味《み》がない。

じゃあ、どうやったら人体模型《じんたいもけい》をふりきれる？

そう考《かんが》えたとき、ふと僕《ぼく》のなかにひとつの考《かんが》えがうかんだ。

考《かんが》えがうかんだのはいいけど、「うそでしょ？」と自分自身《じぶんじしん》に言《い》いたくなった。

でも、人体模型《じんたいもけい》から逃《に》げきるためにはこれしかない。

「ねえ、二人《ふたり》とも……なにがあっても止《と》まらないでね」

僕《ぼく》がそう言《い》うと、ケンイチロウ君《くん》もヒナさんもおどろいたような表情《ひょうじょう》をうかべた。

その顔《かお》を見《み》たあとで、僕《ぼく》はわざと走《はし》るスピードを落《お》としていく。人体模型《じんたいもけい》と僕《ぼく》との距離《きょり》が、少《すこ》しずつ縮《ちぢ》まっているのがわかる。

3メートル。

まだ遠《とお》い。

2メートル。

まだ遠《とお》い。

1メートル。
まだ遠《とお》い。

そしてとうとう、人体模型《じんたいもけい》ののばした指先《ゆびさき》が僕《ぼく》の首筋《くびすじ》にあたった。
そのタイミングだ。
僕《ぼく》はその場《ば》で思《おも》いきりしゃがみこんだ。
しゃがみこんだ僕《ぼく》の体《からだ》に人体模型《じんたいもけい》の足《あし》があたる。

そして僕《ぼく》と人体模型《じんたいもけい》は床《ゆか》の上《うえ》で、はげしくころがった。
縦《たて》にならんで走《はし》っているとき、前《まえ》の人《ひと》に急《きゅう》に止《と》まられたら、だれだってぶつかる。
あのツバサ君《くん》も、急《きゅう》に立《た》ち止《ど》まったゲンキ君《くん》にぶつかっていた。
しかも今回《こんかい》は、しゃがむっていうおまけつきだ。
そうかんたんにはよけられない。

もちろん、僕《ぼく》だってそんなことをしたら、ただですむわけがない。

体《からだ》は痛《いた》いし、頭《あたま》のなかもぐわんぐわんする。

だけど、これで終《お》わりじゃない。

人体模型《じんたいもけい》が起《お》きあがってくる前《まえ》に、もういちど逃《に》げなきゃいけない。

うつぶせになって、僕《ぼく》はゆっくりと立《た》ちあがった。

ころんだ人体模型《じんたいもけい》は、まだ起《お》きあがってこない。

いまのうちに、どこか安全《あんぜん》な場所《ばしょ》にかくれなくちゃいけない。

教室《きょうしつ》のなか――はダメだ。

教室《きょうしつ》みたいに前後《ぜんご》に入《い》り口《ぐち》があるところより、なるべく入《い》り口《ぐち》がひとつの部屋《へや》のほうがいい。

もちろんそういう部屋《へや》に人体模型《じんたいもけい》がはいってきたら逃《に》げられなくなるけど、そもそもこの体《からだ》じゃ逃《に》げられるとは思《おも》わない。

だったら入《い》り口《ぐち》がひとつしかないところで、入《い》り口《ぐち》をふさいでしまったほうがいい。

そうすれば僕《ぼく》もでられなくなるけど、人体模型《じんたいもけい》もはいってこれないはずだ。

そして、そういう部屋《へや》がいったいどこにあるのかってことだけど……。

と、そのとき、ちょうどろうかのむこう側《がわ》に図書室《としょしつ》の表示《ひょうじ》が見《み》えた。

学校《がっこう》にもよるだろうけど、ふつう図書室《としょしつ》は本《ほん》がかってに持《も》っていかれないように、入《い》り口《ぐち》はひとつしかないはずだ。

考《かんが》えている時間《じかん》はない。

僕《ぼく》は早足《はやあし》で、その図書室《としょしつ》のほうへとむかっていく。

図書室《としょしつ》までの道《みち》のりは、意外《いがい》と遠《とお》かった。

それでも、途中《とちゅう》で人体模型《じんたいもけい》に追《お》われることなく、無事図書室《ぶじとしょしつ》の前《まえ》へ到着《とうちゃく》する。

あとは同《おな》じようなことを考《かんが》えている子《こ》が、図書室《としょしつ》に立《た》てこもってなければいいんだけど。

そう思《おも》いながら扉《とびら》に手《て》をかけると、思《おも》いのほかあっさりと扉《とびら》があいた。

だけど、図書室《としょしつ》のなかはめちゃくちゃだった。

まともに立《た》っている本棚《ほんだな》はひとつもなくて、なかにはいっていた本《ほん》もいろんなところにちらばっている。

入《い》り口《ぐち》をふさぐのはむずかしそうだった。

というか、入《い》り口《ぐち》にたおれた本棚《ほんだな》があるから、たぶんいちどは同《おな》じようなことをした子《こ》がいたんだろう。

それでも人体模型《じんたいもけい》がむりやり図書室《としょしつ》のなかにはいってきて、こんなことになったんだ。

とりあえず、僕《ぼく》は図書室《としょしつ》へ足《あし》をふみいれる。

落《お》ちている本《ほん》をふむっていうのは、なんだかすごくもったいない感《かん》じがするけど、いまはそんなこと言《い》っていられない。

ひとまずどこかにかくれないと。

「リク君《くん》？」

そう思《おも》ったとき、図書室《としょしつ》の外《そと》から僕《ぼく》の名前《なまえ》を呼《よ》ぶ声《こえ》がした。

だれだろうと思《おも》ってふりかえってみると、そこにはゲンキ君達《くんたち》といっしょに逃《に》げたはずのユウ君《くん》が立《た》っていた。

「よかった、無事《ぶじ》だったんだ」

そう言《い》いながら、ユウ君《くん》も図書室《としょしつ》のなかに足《あし》をふみいれる。

そして図書室《としょしつ》の様子《ようす》をざっと見《み》わたしたあとで、僕《ぼく》に質問《しつもん》をしてきた。

「ケンイチロウ君達《くんたち》は？」

「はぐれちゃったけど……だいじょうぶだと思《おも》う……ゲンキ君達《くんたち》は？」

「ごめん、僕《ぼく》もはぐれちゃったんだ。ちょうど逃《に》げているとき、他《ほか》の人体模型《じんたいもけい》があらわれて……」

そう言《い》いながら、ユウ君《くん》は僕《ぼく》の体《からだ》を上《うえ》から下《した》まで見《み》まわした。

血《ち》はでていないけど、一回《いっかい》ころんだせいで服《ふく》が少《すこ》しやぶけているところがあるからだ。

「リク君《くん》だいじょうぶ？　なにがあったの？」

「まあいろいろとね……でも、だいじょうぶだよ。それより一回《いっかい》かくれよう。入《い》り口《ぐち》の近《ちか》くにいるのはさすがにまずいからさ」

僕《ぼく》もユウ君《くん》に対《たい》して聞《き》きたいことはあるけど、それはひとまずあとまわしだ。

「じゃあ、受付《うけつけ》の裏《うら》とかどうかな？」

受付《うけつけ》の裏《うら》、と聞《き》いて僕《ぼく》はうなずいた。たしかにあそこだったら入《い》り口《ぐち》から見《み》えないし、もし人体模型《じんたいもけい》が図書室《としょしつ》にはいってきたとしても、うまくいけばそのままやりすごすことができるかもしれない。

そう思《おも》って、受付《うけつけ》の裏《うら》のほうに近《ちか》づいていくと、そこからほんのわずかな音《おと》が聞《き》こえた。

空耳《そらみみ》ではないことを確認《かくにん》するように、僕達《ぼくたち》はたがいの顔《かお》を見《み》あわせる。

そして僕達《ぼくたち》はじゅうぶんに注意《ちゅうい》しながら、受付《うけつけ》の裏《うら》をのぞきこんだ。

すると――

「あら？　二人《ふたり》とも、お元気《げんき》そうでなによりです」

ふてぶてしい笑《え》みをうかべるカレンさんがそこにいた。

あんなことをしたあとだというのに、カレンさんはいつもどおりの表情《ひょうじょう》をうかべている。

「ほら、そんなところに立《た》っていないで座《すわ》ったらどうですか？　あと二人《ふたり》ぐらいでしたら、じゅうぶんにかくれられるスペースはありますよ」

そんなカレンさんを見《み》て、ユウ君《くん》はどこか不安《ふあん》そうにしたけど、僕《ぼく》はかまわずカレンさんの目《め》の前《まえ》に腰《こし》をおろした。

「……なにかやりかえされるとか、そういうことは考《かんが》えてないのかな？」

「ええ、まったく考《かんが》えていませんね。わたくしはあなたのことを心《こころ》の底《そこ》から信用《しんよう》していますので」

そうして、僕達《ぼくたち》の反応《はんのう》を見《み》るようにカレンさんが笑《わら》う。

なにかやりかえしてくるならそれもよし、なにもやりかえしてこないならそれもよし、そういう表情《ひょうじょう》だ。


「……あのさ、ひとつ聞《き》いていいかな？」


するとさっきまでだまって話《はなし》を聞《き》いていたユウ君《くん》が、その場《ば》に座《すわ》りながらカレンさんに話《はな》しかけた。

「ひとつと言《い》わずにいくつでもどうぞ。時間《じかん》はたっぷりとありますし」

「じゃあ聞《き》くよ。なんでカレンさんは、あんなことするの？」

「あんなこと？」

「つくえをけとばしたり、電気《でんき》をつけたり、あきらかに僕達《ぼくたち》を妨害《ぼうがい》しているよね？」

ユウ君《くん》の言葉《ことば》を聞《き》いて、カレンさんはわざとらしく両肩《りょうかた》をすくめる。

「ひとつ言《い》っておきますが、わたくしは別《べつ》にルールをやぶっているわけじゃありませんよ。

貸出

自分《じぶん》ができる範囲《はんい》で他《ほか》の人《ひと》を脱落《だつらく》させようとしているだけです。それのなにが悪《わる》いんですか？」

「悪《わる》いとは言《い》ってないよ。でも、そんなことしたら、きらわれるだけじゃない」

カレンさんのことをまっすぐに見《み》ながら、ユウ君《くん》はそう言《い》った。

ふだん感情《かんじょう》を表《おもて》にださない分《ぶん》、そのユウ君《くん》の言葉《ことば》にはどこか鬼気《きき》せまるものがある。

「じゃあ逆《ぎゃく》に聞《き》きますが、あなたは仲《なか》よしこよしでいようとすれば、だれからもきらわれなくなるとでも思《おも》ってるんですか？」

それでもカレンさんは、あざ笑《わら》うような調子《ちょうし》でユウ君《くん》に言葉《ことば》を返《かえ》す。

「そんなわけないじゃないですか。どんなに相手《あいて》から好《す》かれようと努力《どりょく》をしていても、きらわれるときはきらわれます。もしだれからもきらわれたくないなら、それこそ人形《にんぎょう》みたいになるしかないんじゃないですか？　泣《な》きもしないし、笑《わら》いもしないし、怒《おこ》りもしない。ええ、わたくしはそんな『あなたみたいな』生《い》き方《かた》、まっぴらごめんですけれど」

ユウ君《くん》にあてつけるように、カレンさんはそうはきすてた。

「……」

そう言《い》われたとき、ユウ君《くん》のくちびるがかたく結《むす》ばれる。

もしかしたらユウ君自身《くんじしん》、感情《かんじょう》があまり表《おもて》にでないのを気《き》にしているのかもしれない。

「……少《すく》なくとも僕《ぼく》は、カレンさんよりユウ君《くん》のほうが好《す》きだけどね」

このままだまって話《はなし》を聞《き》いているのもいやだったので僕《ぼく》がそうつぶやくと、カレンさんは「それは残念《ざんねん》ですね」と笑《わら》った。

これ以上《いじょう》はなにも言《い》わないほうがいいな、とカレンさんから目《め》をそらすと、こっちを見《み》ていたユウ君《くん》と目《め》があう。

表情《ひょうじょう》だけだと、あいかわらずなにを考《かんが》えているのかわからないけれど、それでも少《すこ》しだけ口《くち》のはしがあがったような気《き》がした。

「……ありがとう、リク君《くん》」

「別《べつ》に、お礼《れい》を言《い》われることじゃないって」

そう言《い》いながら、僕《ぼく》は座《すわ》った状態《じょうたい》で深呼吸《しんこきゅう》をする。

体《からだ》はまだ全快《ぜんかい》ってわけじゃなかったけど、それでも少《すこ》しは回復《かいふく》してきた。

そうなると、今度《こんど》は他《ほか》の子達《こたち》のことが心配《しんぱい》になってくる。

腕時計《うでどけい》を確認《かくにん》しても残《のこ》りの人数《にんずう》しか表示《ひょうじ》されないから、だれが無事《ぶじ》で、だれが残《のこ》っているのかっていうのはわからない。

「……みんなは、だいじょうぶかな？」

そんな僕《ぼく》の考《かんが》えを読《よ》んだようなタイミングで、ユウ君《くん》がつぶやいた。

静《しず》かになった状態《じょうたい》でユウ君《くん》の声《こえ》を聞《き》くと、なんだか幽霊《ゆうれい》と話《はな》しているような気分《きぶん》になる。

「ユウ君《くん》は、ゲンキ君達《くんたち》といっしょにいたんだよね？」

「うん、でもそのあとすぐに別《べつ》の人体模型《じんたいもけい》があらわれて……」

「ゲンキ君《くん》とツバサ君《くん》はいっしょにいるの？」

「たぶん、そうだと思《おも》う。僕《ぼく》も必死《ひっし》だったから、たしかなことは言《い》えないけど……」

「だったら、安心《あんしん》だ」

そう言《い》って僕《ぼく》が笑《わら》うと、ユウ君《くん》はきょとんとした。

「あの二人《ふたり》がいっしょにいるなら、だいじょうぶだよ」

「あの二人《ふたり》って仲《なか》が悪《わる》いんじゃないの？」

そういえば、今回《こんかい》の大会《たいかい》ではツバサ君《くん》が（主《おも》にゲンキ君《くん》のせいで）けっこうひどい目《め》にあっているから、仲《なか》がいいって言《い》われてもすぐにはぴんとこないかもしれない。

「ケンカするほど仲《なか》がいいってやつだよ。少《すく》なくともあの二人《ふたり》についてはね」

「へえ、そうなん――」

と、その言葉《ことば》の途中《とちゅう》でカレンさんがユウ君《くん》のほうへ手《て》のひらをむける。

『静《しず》かに』と、声《こえ》にはださなかったけど、そういう意味《いみ》だ。

息《いき》を止《と》め、耳《みみ》をそばだてると、**ひた**、っていう音《おと》がほんのわずかに聞《き》こえた。

気《き》のせいかと思《おも》うぐらいに小《ちい》さい音《おと》だったけれど、それは規則正《きそくただ》しいリズムで確実《かくじつ》にこっちに近《ちか》づいてきていた。

そこまできて、僕《ぼく》はその足音《あしおと》が人体模型《じんたいもけい》のものだってことに気《き》づく。

そのとき僕《ぼく》は、カレンさんのうかべている表情《ひょうじょう》が目《め》についた。

人体模型《じんたいもけい》の足音《あしおと》が大《おお》きくなるにつれて、口《くち》もとの笑《え》みがどんどん深《ふか》いものになっていく。

その笑《え》みを見《み》て、僕《ぼく》は苦笑《にがわら》いをうかべた。

きっとカレンさんは、あの人体模型《じんたいもけい》をやりすごそうなんて考《かんが》えていない。

どうやって僕達《ぼくたち》をだしぬこうか、それを考《かんが》えているんだろう。

ある意味《いみ》、人体模型《じんたいもけい》よりやっかいな存在《そんざい》が目《め》の前《まえ》にいる。

カレンさんがなにをたくらんでいるのかはわからないけど、ろくなことにならないことはわかる。

そうこう考《かんが》えているうちにも、人体模型《じんたいもけい》の足音《あしおと》は近《ちか》づいてきている。

そのとき、カレンさんはとつぜんその場《ば》で立《た》ちあがり、受付《うけつけ》をのりこえていった。

そして、本《ほん》をふみつけて走《はし》る音《おと》が聞《き》こえる。

その足音《あしおと》は図書室《としょしつ》の入《い》り口《ぐち》のほうじゃなくて、奥《おく》のほうへとむかっていった。

いったいなにがねらいなのか？　と僕《ぼく》は受付《うけつけ》の裏《うら》で思《おも》う。

人体模型《じんたいもけい》を図書室《としょしつ》におびきよせたいっていうのはわかるけど、カレンさんがとった行動《こうどう》は危険《きけん》すぎる。

もし人体模型《じんたいもけい》が図書室《としょしつ》の入《い》り口《ぐち》に立《た》っていたら、その時点《じてん》でもうアウトだ。

それに、人体模型《じんたいもけい》に見《み》られてなかったとしても、その音《おと》を聞《き》きつけた人体模型《じんたいもけい》が図書室《としょしつ》の奥《おく》のほうへいったら逃《に》げることができなくなる。

カレンさんが僕達《ぼくたち》を逃《に》がすことを考《かんが》えておとりになったっていうならわかるけど、カレンさんにかぎってそんなことはありえない。

そして、その僕《ぼく》の予想《よそう》はみごとにあたった。

図書室《としょしつ》の奥《おく》のほうへ走《はし》りさる足音《あしおと》といっしょに、数冊《すうさつ》の本《ほん》が受付《うけつけ》の裏《うら》へ投《な》げこまれてきたのだ。

本《ほん》はバサバサという音《おと》を立《た》てて、僕達《ぼくたち》の頭《あたま》の上《うえ》に落《お》ちてくる。

たぶんカレンさんが走《はし》りながら落《お》ちている本《ほん》をひろって、こっちに投《な》げてきたんだろう。

そして、もういちど図書室《としょしつ》が静《しず》かになった。

本《ほん》が投《な》げこまれることもなければ、人体模型《じんたいもけい》の足音《あしおと》も聞《き》こえない。

少《すく》なくとも人体模型《じんたいもけい》はカレンさんを見《み》たわけではないらしい。

けれど、図書室《としょしつ》のなかから音《おと》がしたのはわかったはずだ。

となると、人体模型《じんたいもけい》はこの図書室《としょしつ》にはいってくることになる。

そうすると、人体模型《じんたいもけい》はいったいどこをさがすか？

そのとき僕《ぼく》は、カレンさんのねらいがわかった気《き》がした。

図書室《としょしつ》の奥《おく》のほうからしか音《おと》が聞《き》こえなかったら、人体模型《じんたいもけい》は図書室《としょしつ》の奥《おく》へ行《い》くかもしれない。だけど、受付《うけつけ》のほうからも音《おと》が聞《き》こえていたら、そっちを最初《さいしょ》にさがすにきまっている。

入り口《いりぐち》の近《ちか》くにいるっていうことが、かえって裏目《うらめ》にでた。

だからといって、こうなってしまったらもうなにもできない。

ひた、という人体模型《じんたいもけい》の足音《あしおと》がもういちど聞《き》こえだした。

そして、その足音《あしおと》が図書室《としょしつ》の前《まえ》で止《と》まる。

そのままどこかに行《い》ってくれ、と僕《ぼく》は思《おも》うけど、そんな都合《つごう》のいいことなんて起《お》こるわけがない。

人体模型《じんたいもけい》が図書室《としょしつ》のなかへとはいってくる。

その足音《あしおと》は、あきらかに僕達《ぼくたち》のいる受付《うけつけ》のほうへと近《ちか》づいてきていた。

このままだと僕《ぼく》かユウ君《くん》、どちらかが人体模型《じんたいもけい》につかまることになる。

「――っ」

迷《まよ》っている時間《じかん》も、ユウ君《くん》に説明《せつめい》している時間《じかん》もなかった。

はじかれたように僕《ぼく》はその場《ば》で立《た》ちあがり、一気《いっき》に受付《うけつけ》をのりこえる。

とつぜん受付《うけつけ》からあらわれた僕《ぼく》を見《み》て、人体模型《じんたいもけい》の動《うご》きが一瞬《いっしゅん》止《と》まる。

入《い》り口《ぐち》にむかうことはできない。そんなことをしたら人体模型《じんたいもけい》に正面《しょうめん》から突撃《とつげき》することになる。

だから僕《ぼく》は、カレンさんが逃《に》げこんだ図書室《としょしつ》の奥《おく》のほうへと走《はし》っていった。


「があああああ!」


人体模型《じんたいもけい》が雄叫《おたけ》びをあげて、僕《ぼく》のうしろを追《お》ってくる。

とりあえずこれで、ユウ君《くん》が逃《に》げる時間《じかん》はかせげるはずだ。

あとは、図書室《としょしつ》の奥《おく》にかくれているはずのカレンさんを見《み》つけて、この人体模型《じんたいもけい》を押《お》しつけられれば——。

と、思《おも》ったけど、そううまくはいかなかった。

予想以上《よそういじょう》に早《はや》く、人体模型《じんたいもけい》が僕《ぼく》のことをつかまえたからだ。

僕《ぼく》はうしろから肩《かた》をつかまれて、そのまま図書室《としょしつ》の床《ゆか》に押《お》したおされた。

うつぶせの状態《じょうたい》でなんとか逃《に》げようとするけれど、人体模型《じんたいもけい》はびくともしない。

そして、人体模型《じんたいもけい》は僕《ぼく》の口《くち》になにかをあててきた。

「むぐっ……ぐっ……」

上《うえ》から人体模型《じんたいもけい》に押《お》さえつけられているはずなのに、頭《あたま》がふわふわしてきて、体《からだ》の感覚《かんかく》がなくなってくる。

このままじゃあ、まずい。

口《くち》をふさがれた状態《じょうたい》で、僕《ぼく》は必死《ひっし》にもがく。

そのとき、たおれた本棚《ほんだな》の下《した》にかくれているカレンさんと目《め》があった。

どうやらカレンさんは僕達《ぼくたち》に本《ほん》を投《な》げつけてきたあと、ずっとそこにかくれていたらしい。

たくらみがぜんぶうまくいったからか、その顔《かお》にはあのニヤニヤ笑《わら》いがうかんでいる。

くやしいな、と僕《ぼく》は思《おも》う。

けっきょく最初《さいしょ》から最後《さいご》まで、カレンさんのねらいどおりになってしまった。

くやしいな。

どうせだったら、カレンさんに一言《ひとこと》ぎゃふんと言《い》わせてから――。

そう思《おも》ったときだった。

「どっせぇぇい！」

鼓膜《こまく》をやぶるような大《おお》きな声《こえ》が頭《あたま》のなかにひびきわたった。

と同時《どうじ》に、急《きゅう》に体《からだ》が軽《かる》くなる。

「だいじょうぶか、リク！」

聞《き》き覚《おぼ》えのある声《こえ》が耳《みみ》もとで聞《き》こえた。

そして、なにがなんだかわからないまま肩《かた》をつかまれて、むりやり体《からだ》を起《お》こされる。

僕《ぼく》の体《からだ》を起《お》こしてくれたのは、

ゲンキ君《くん》だった。

そこで僕《ぼく》は、ようやくなにが起《お》こったのかを理解《りかい》した。

僕《ぼく》が意識《いしき》を失《うしな》いかけたその瞬間《しゅんかん》、ゲンキ君《くん》が僕《ぼく》の上《うえ》にいた人体模型《じんたいもけい》をつきとばしてくれたんだ。

けれど、もちろんそれで助《たす》かったわけじゃない。

つきとばされた人体模型《じんたいもけい》は、うなり声《ごえ》をあげてすぐに起《お》きあがる。

「逃《に》げるぞ！」

ゲンキ君《くん》に肩《かた》をかつがれ、ほとんど引《ひ》きずられるような形《かたち》で僕達《ぼくたち》は図書室《としょしつ》から逃《に》げようとした。

図書室《としょしつ》の入《い》り口《ぐち》には、ツバサ君《くん》とユウ君《くん》がいる。

そこまで逃《に》げられれば、扉《とびら》をしめて時間《じかん》をかせげるはずだけど、正直《しょうじき》そこまで行《い》けるとは思《おも》えない。

思《おも》うように体《からだ》が動《うご》かない。

だから僕《ぼく》は頭《あたま》のなかを動《うご》かす。

そして僕《ぼく》はひとつの作戦《さくせん》を思《おも》いついた。

もちろん、ぜったいに成功《せいこう》するとはかぎらない。

それでもためしてみる価値《かち》はじゅうぶんにあるはずだ。

僕《ぼく》は、ゲンキ君《くん》に肩《かた》をかつがれた状態《じょうたい》で、床《ゆか》に散乱《さんらん》している本《ほん》を一冊《いっさつ》手《て》にとった。

「おいリク、おまえなにして――」

もちろん、そんなことをすればゲンキ君《くん》のバランスがくずれて、前《まえ》に進《すす》むことはできなくなる。

けれど、僕《ぼく》の作戦《さくせん》にはこの本《ほん》が必要《ひつよう》だった。

そして僕《ぼく》は、さっきカレンさんにやられたことをやりかえしてやった。

つまり、そのひろった本《ほん》を、カレンさんがかくれている本棚《ほんだな》の下《した》へと投《な》げこんでやったのだ。

なにをしているんだと、ゲンキ君《くん》は思《おも》っただろう。

ツバサ君《くん》も、ユウ君《くん》も――そして、人体模型《じんたいもけい》もそう思《おも》ったはずだ。

僕《ぼく》のねらいどおり、その全員《ぜんいん》が僕《ぼく》の投《な》げた本《ほん》を目《め》で追《お》った。

入《い》り口《ぐち》の近《ちか》くにいるツバサ君《くん》とユウ君《くん》にはわからなかっただろうけど、ゲンキ君《くん》と人体《じんたい》模型《もけい》は、かくれているカレンさんのことをばっちりと見《み》つけた。

たおれた本棚《ほんだな》の下《した》にかくれているから、そこから逃《に》げることもできないだろう。

そして人体模型《じんたいもけい》は、ねらいを僕達《ぼくたち》からカレンさんのほうに変《か》えた。

べ、と僕《ぼく》はカレンさんにむかって、舌《した》をだしてやる。

カレンさんは僕《ぼく》のほうを見《み》て、引《ひ》きつった笑《え》みをうかべた。

してやったり、作戦成功《さくせんせいこう》ってやつだ。

そうして僕達《ぼくたち》は、人体模型《じんたいもけい》とカレンさんを残《のこ》して、図書室《としょしつ》からの脱出《だっしゅつ》に成功《せいこう》した。

サバイバル鬼《おに》ごっこ——残《のこ》りは18人《にん》だ。

③ 人《じん》体《たい》模《も》型《けい》に立《た》ちむかえ！

出場有力選手《しゅつじょうゆうりょくせんしゅ》

桜井《さくらい》リク

朱堂《すどう》ジュン

山本《やまもと》ゲンキ

新庄《しんじょう》ツバサ

大場《おおば》カレン

木下《きのした》ヒナ

阿部《あべ》ソウタ

長嶋《ながしま》ケンイチロウ

早乙女《さおとめ》ユウ

〈優勝《ゆうしょう》まで残《のこ》り18人〉

図書室《としょしつ》から逃《に》げだしたあとで、僕達《ぼくたち》はあいている教室《きょうしつ》に逃《に》げこんだ。

さっきみたいにつくえを積《つ》みあげるようなことはしない。前《まえ》とうしろ、どっちの入《い》り口《ぐち》から人体模型《じんたいもけい》がはいってきても逃《に》げられるような状態《じょうたい》にする。

「はっはっはぁ、危《あぶ》なかったなリク。まさに危機一髪《ききいっぱつ》ってやつだ」

息《いき》を整《ととの》えている途中《とちゅう》で、ゲンキ君《くん》がばしばしと背中《せなか》をたたいてくる。

ちょっとせきこみそうになったけど、それでも僕《ぼく》は「ありがとう」とゲンキ君《くん》にお礼《れい》を言《い》った。

「礼《れい》だったらユウにも言《い》いな。あいつが図書室《としょしつ》からでてこなかったら、俺達《おれたち》はリクに気《き》がつかなかったんだからよ」

「そっか、ユウ君《くん》もありがとね」

と、僕《ぼく》はユウ君《くん》にもお礼《れい》を言《い》ったけれど、ユウ君《くん》はどこか申《もう》しわけなさそうに首《くび》を横《よこ》にふるだけだった。

「僕《ぼく》は……なにもしてないよ。リク君《くん》を見捨《みす》てて……逃《に》げようとしただけだから……」

「……っ」

その言葉《ことば》を聞《き》いて、僕《ぼく》は一瞬息《いっしゅんいき》がつまる。

「……やめてよ。なんだか鏡《かがみ》を見《み》てる気分《きぶん》になるからさ」

「え？」

僕《ぼく》の言葉《ことば》に、ユウ君《くん》がふっと顔《かお》をあげた。

もちろん、僕《ぼく》が言《い》った鏡《かがみ》っていうのは見《み》た目《め》の話《はなし》じゃない。

「僕《ぼく》も朱堂《すどう》さんを見捨《みす》てるから、ユウ君《くん》の気持《きも》ち、わかるんだ」

ユウ君《くん》はすぐにその言葉《ことば》の意味《いみ》がわからなかったみたいだったけど、となりで話《はなし》を聞《き》いていたツバサ君《くん》はその一言《ひとこと》でぜんぶ察《さっ》してくれたらしい。

「ああ、なるほど……だからおまえ、あのとき様子《ようす》がおかしかったのか」

ツバサ君《くん》が言《い》っているのは、僕《ぼく》とケンイチロウ君達《くんたち》がケンカになりかけたときのことだ。

ゲンキ君《くん》にも言《い》われたけど、あのときの僕《ぼく》はケンイチロウ君達《くんたち》にやつあたりをしていた。

イライラしてたんだ。

事情《じじょう》も知《し》らずに楽《たの》しそうに話《はな》すケンイチロウ君達《くんたち》にもそうだったけど、なにより朱堂《すどう》さんを助《たす》けようとしなかった自分《じぶん》に腹《はら》が立《た》っていた。

だからといって、あれはよくない。

せっかく自分《じぶん》が助《たす》けた相手《あいて》がイライラしてたり、おちこんでいたりするのは見《み》たくない。

こうして実際《じっさい》に朱堂《すどう》さんの立場《たちば》に立《た》ってみて、改《あらた》めてそれがわかった。

「ええと、だから……」

そう言《い》いながら僕《ぼく》は、ユウ君《くん》になんて声《こえ》をかけるかを考《かんが》える。

気《き》にしないでね、はダメだ。そんなこと言《い》っても気《き》にするにきまってる。

元気《げんき》だしてね、もダメだ。僕《ぼく》に気《き》をつかわれているっていうのが伝《つた》わってしまう。

そこで僕《ぼく》は、その場《ば》でくるりと横《よこ》にまわった。

横《よこ》にまわって、カッコつけた男子《だんし》がそうするようにきめポーズをとる。

「ぼ、僕《ぼく》に感謝《かんしゃ》してよね」

その瞬間《しゅんかん》、教室《きょうしつ》の空気《くうき》がこおった。

やってみてわかったけど、これはめちゃくちゃ恥《は》ずかしい。

しかもそのときの僕《ぼく》は、ちょっと服《ふく》がやぶけているから、よけいに変《へん》な感《かん》じになっているはずだ。

そのなかで最初《さいしょ》に声《こえ》をあげたのはツバサ君《くん》だった。

「だっはっは！　なんだよリク、そのポーズはよぉ！」

……というより、どうやら僕《ぼく》のポーズがツバサ君《くん》の笑《わら》いのツボにはいったらしい。

人体模型《じんたいもけい》からかくれないといけないっていうのを完全《かんぜん》に忘《わす》れているような笑《わら》い声《ごえ》だ。

「やめてよツバサ君《くん》。僕《ぼく》だって恥《は》ずかしいんだから……」

「だってよ、おまえ。そういうキャラじゃねえのに、いきなりカッコつけやがって――」

ひぃひぃ、とツバサ君《くん》がなみだを流《なが》しながら笑《わら》っている。

ここまで笑《わら》ってもらえると、やったかいがあったって思《おも》えるけど、正直笑《しょうじきわら》ってほしかったのはツバサ君《くん》じゃない。

そして、僕《ぼく》はおそるおそるユウ君《くん》のほうを見《み》る。

ユウ君《くん》は笑《わら》っていなかった。

表情《ひょうじょう》はやっぱり読《よ》めなかったけど、笑《わら》うというより、あっけにとられているっていうほうが近《ちか》い。

「いよーし、ユウ。だったらリクに言《い》う言葉《ことば》があるよな？」

すると、ゲンキ君《くん》がうれしそうにユウ君《くん》の背中《せなか》をたたいた。

背中《せなか》をたたかれたユウ君《くん》は、一瞬《いっしゅん》とまどったようだったけど、すぐに覚悟《かくご》をきめて僕《ぼく》のほうを見《み》つめた。

「……ありがとうリク君《くん》」

「どういたしまして」

そう言《い》って、僕達《ぼくたち》は見《み》つめあう。

その状態《じょうたい》が10秒《びょう》つづいて、20秒《びょう》つづいて、たまらず僕達《ぼくたち》は吹《ふ》きだしていた。

笑《わら》い声《ごえ》が教室《きょうしつ》のなかにひびく。

ユウ君《くん》は口《くち》もとをかくして、なんとかこらえようとしていたけれど、それでもおさえきれずに笑《わら》っている。

やっぱりこうでなくちゃ、と僕《ぼく》は思《おも》う。

せっかく体《からだ》をはって助《たす》けたんだから、その相手《あいて》には笑《わら》っていてほしい。

しかめっ面《つら》はダメだ。

僕達《ぼくたち》を助《たす》けてくれた朱堂《すどう》さんのためにも、ケンカなんかしちゃダメだったんだ。

あの二人《ふたり》にあやまりたいな、と僕《ぼく》は思《おも》う。

あのときはゲンキ君《くん》があいだをとり持《も》ってくれたけど、僕《ぼく》はあの二人《ふたり》に直接《ちょくせつ》あやまっていない。

ソウタ君《くん》はもう脱落《だつらく》しちゃったけど、ケンイチロウ君《くん》はまだ学校《がっこう》のなかにいるはずだ。いてもらわなくちゃ困《こま》る。

なんてったって僕《ぼく》が、ユウ君《くん》と同《おな》じように体《からだ》をはって助《たす》けたんだから。

そう思《おも》ったときだった。

ろうかから、足音《あしおと》が聞《き》こえた。

その瞬間《しゅんかん》、僕達《ぼくたち》は笑《わら》うのをやめる。

「やっべ」という表情《ひょうじょう》がツバサ君《くん》の顔《かお》にうかんでいた。

いまさらながら、僕達《ぼくたち》がどういう状況《じょうきょう》にいるのかを思《おも》いだしたんだろう。

まあ、僕《ぼく》もツバサ君《くん》といっしょになって笑《わら》っていたから、それをせめる気《き》はまったくない。

どっちから聞《き》こえた？　と耳《みみ》をそばだてると、足音《あしおと》以外《いがい》の音《おと》も聞《き》こえてくる。

「……うぅ……ひっぐ……」

それは、音《おと》というよりは女《おんな》の子《こ》が泣《な》いているような声《こえ》だった。

「なんだぁ？　人体模型《じんたいもけい》だけじゃなくて、トイレの花子《はなこ》さんでもでてきたか？」

ふるえる声《こえ》でツバサ君《くん》がつぶやく。口数《くちかず》が多《おお》くなるのはこわさをごまかしている証拠《しょうこ》だ。

僕《ぼく》は体《からだ》を低《ひく》くしながらゆっくりと入《い》り口《ぐち》のほうに近《ちか》づいて、ろうかをのぞいてみる。

「……あれ、ヒナさん？」

するとそこには、泣《な》きながら歩《ある》いているヒナさんの姿《すがた》があった。

歩《ある》いているのはヒナさん一人《ひとり》で、まわりにケンイチロウ君《くん》の姿《すがた》は見《み》あたらない。

声《こえ》をかけられたヒナさんはパッと顔《かお》をあげて、まるで信《しん》じられないものを見《み》るように、目《め》をぱちぱちとさせていた。

「あん？　なんだ、トイレの花子《はなこ》さんじゃなかったのか？」

ろうかにいるのが人体模型《じんたいもけい》じゃないと知《し》って、ツバサ君達《くんたち》が僕《ぼく》のまわりに集《あつ》まってくる。

そして、ヒナさんをとり囲《かこ》むようにしたとき、もういちどヒナさんが泣《な》きだした。

「うわーん！」

「え、ちょ、だ、だいじょうぶ？　ヒナさん？　どうしたの？」

「だって……リク君《くん》……死《し》んじゃったって……思《おも》ってたから……」

「別《べつ》に僕《ぼく》、死《し》んでないよ!?」

たしかに僕《ぼく》はケンイチロウ君《くん》とヒナさんを守《まも》るためにかなり体《からだ》をはったけど、まさかそこまで心配《しんぱい》されているとは思《おも》わなかった。

「えっと……ところで、ヒナさん一人《ひとり》なの？　ケンイチロウ君《くん》は？」

とりあえず話題《わだい》を変《か》えようと、僕《ぼく》は気《き》になっていたことを聞《き》いてみる。

だけどそれを聞《き》いた瞬間《しゅんかん》、またもやヒナさんが泣《な》きだした。

「ケンイチ、ロウ、君《くん》……ひっぐ……私《わたし》、音楽《おんがく》、室《しつ》に……」

「だいじょうぶ。おちついて。あいつらに追《お》いかけられて、こわかったんだよね？」

「おっ、さすがリク。妹《いもうと》がいるから女子《じょし》のあつかいはなれてるみてーだな」

「……ツバサ君《くん》、こわいのをごまかそうとしているのはわかるけど、ちょっとだまっててくれない？」

ひとまず教室《きょうしつ》のなかにもどって、僕《ぼく》はヒナさんをおちつかせる。

完全《かんぜん》に泣《な》きやむまではいかなかったけれど、それでもなんとか話《はなし》ができるぐらいまではおちついたようだった。

「それで、ケンイチロウ君《くん》はどうしたの？　もう……脱落《だつらく》しちゃった、とか？」

可能性《かのうせい》として一番《いちばん》ありえそうなものを、僕《ぼく》は最初《さいしょ》に聞《き》いてみる。

もしここでヒナさんがうなずいたら、僕《ぼく》はもうなにも聞《き》かないつもりだ。

そんななか、ヒナさんは首《くび》を横《よこ》にふった。

「さっき言《い》っていた音楽室《おんがくしつ》っていうのは？　ケンイチロウ君《くん》はそこにいるの？」

「……だと、思《おも》う」

そしてヒナさんは、僕《ぼく》とわかれたあとのことを説明《せつめい》してくれた。

「あのあと……リク君《くん》に助《たす》けられたあとで、最初《さいしょ》は放送室《ほうそうしつ》に行《い》こうってことになったの」

「どうして放送室《ほうそうしつ》に？」

「放送室《ほうそうしつ》が防音扉《ぼうおんとびら》だったら、人体模型《じんたいもけい》もかんたんにはいってこられないはずだからって

……」

言《い》われてみて、ああなるほど、と僕《ぼく》は思《おも》う。

僕《ぼく》の学校《がっこう》でも、放送室《ほうそうしつ》は外《そと》の音《おと》がはいってこないように防音扉《ぼうおんとびら》になっているからだ。

「それで、なんとか放送室《ほうそうしつ》には行《い》けたんだけど、扉《とびら》にカギがかかってて……」

「先《さき》にだれかがいたってこと？」

「うん。でも他《ほか》の参加者《さんかしゃ》じゃなくて、ミスターL《エル》だってケンイチロウ君《くん》が言《い》ってた」

たしかに、ミスターL《エル》だったら放送室《ほうそうしつ》に閉《と》じこもっていてもおかしくはない。

最初《さいしょ》のルール説明《せつめい》のときから、ミスターL《エル》はずっと放送室《ほうそうしつ》にいるんだろう。

「それで、次《つぎ》は音楽室《おんがくしつ》を目指《めざ》すことになったの。あそこも防音扉《ぼうおんとびら》になっているかもしれな

いからって……」

ちなみに僕《ぼく》とわかれてから放送室《ほうそうしつ》に行《い》くまでも、すんなりと行《い》けたわけじゃないらしい。

途中《とちゅう》で何度《なんど》も教室《きょうしつ》のなかにかくれて、人体模型《じんたいもけい》をやりすごすということがあったみたいだ。

「でも、音楽室《おんがくしつ》にむかう途中《とちゅう》で……人体模型《じんたいもけい》に気《き》づかれて……」

ヒナさんの目《め》に、なみだがうかぶ。

そうしてヒナさん達《たち》は逃《に》げてる途中《とちゅう》で二手《ふたて》にわかれ、人体模型《じんたいもけい》はケンイチロウ君《くん》を追《お》っていったのだそうだ。

「……ケンイチロウ君《くん》はたぶん、そのまま音楽室《おんがくしつ》に行《い》ったんだと思《おも》う」

そうして、一人《ひとり》泣《な》いていたヒナさんのことを、僕達《ぼくたち》が見《み》つけたらしい。

「……音楽室《おんがくしつ》につく前《まえ》に脱落《だつらく》しちまった可能性《かのうせい》は？」

ヒナさんの話《はなし》が終《お》わったあとで、ツバサ君《くん》がつぶやく。

けれどヒナさんはツバサ君《くん》の質問《しつもん》に答《こた》えなかった。

わからない、と、そういうことなんだろう。

「よし、じゃあ俺達《おれたち》も音楽室《おんがくしつ》に行《い》くか？」

すると、ゲンキ君《くん》がいつもの調子《ちょうし》でそんなことを言《い》いだす。

いまの話《はなし》を聞《き》いていたのかと思《おも》いたくなるほどに、その声《こえ》はあっさりとしていた。

「もしかしたら、音楽室《おんがくしつ》に逃《に》げこめたかもしれねえからな」

「……音楽室《おんがくしつ》に逃《に》げこめたとしても、それで人体模型《じんたいもけい》があきらめるかな？」

そんなゲンキ君《くん》に対《たい》してユウ君《くん》が質問《しつもん》をした。

「音楽室《おんがくしつ》の扉《とびら》が防音扉《ぼうおんとびら》だったらだいじょうぶだろ。カギはかかんねえだろうけど、ドアノブのところを押《お》さえておけば、なんとかたえられるだろうしな」

「それって、音楽室《おんがくしつ》の近《ちか》くに人体模型《じんたいもけい》がいるってことだよね」

「近《ちか》くっつーか、音楽室《おんがくしつ》の扉《とびら》をぶちやぶろうとしてんじゃねえか？　ケンイチロウが音楽《おんがく》室《しつ》のなかでがんばってるんだったらよ」

もしゲンキ君《くん》の言《い》っていることがぜんぶそのとおりなら、早《はや》く音楽室《おんがくしつ》にむかわないと、なかにいるケンイチロウ君《くん》が危《あぶ》ないってことになる。

「待《ま》てよゲンキ、俺《おれ》は反対《はんたい》だぜ」

だけどツバサ君《くん》は、音楽室《おんがくしつ》に行《い》こうとするゲンキ君《くん》を呼《よ》び止《と》めた。

「なんだよツバサ、ビビってんのか？」

「ちげーよ。俺《おれ》はあいつを助《たす》けるつもりはねえって言《い》ってんだ」

はっきりと、力強《ちからづよ》さすら感《かん》じさせる声《こえ》でツバサ君《くん》はそう言《い》った。

「リクを助《たす》けたのはまだいいけどよ、だからって俺《おれ》はあいつを助《たす》けるつもりはねえぞ」

「おいおいツバサ、情《なさ》けは人《ひと》のためならずって言葉《ことば》知《し》ってるか？　誤解《ごかい》されがちだが、あれは『困《こま》っている人《ひと》を助《たす》けるのはその人《ひと》のためになりませんよ』ってことじゃなくて、『困《こま》っている人《ひと》を助《たす》ければ最終的《さいしゅうてき》に自分《じぶん》のためになりますよ』って意味《いみ》なんだぞ？」

「んなこと、知《し》ってんだよ。つーか、いま言《い》ってんのはそういうことじゃねえ」

ゲンキ君《くん》にツッコミをいれたあと、ツバサ君《くん》は自分《じぶん》の頭《あたま》をぐしゃぐしゃとかきむしる。

「……俺《おれ》は、優勝《ゆうしょう》してーんだよ」

その言葉《ことば》はゲンキ君《くん》にむけてではなく、この教室《きょうしつ》にいる全員《ぜんいん》にむけられているように僕《ぼく》には聞《き》こえた。

ツバサ君《くん》はつづける。

「はっきり言《い》って、俺《おれ》はあいつらの言《い》ったこともわかるんだ。『脱落《だつらく》していたら脱落《だつらく》していたでいいけどな』ってあれだ。俺《おれ》だって朱堂《すどう》のこと知《し》らなかったら、同《おな》じこと思《おも》ってたぜ」

その言葉《ことば》に、僕《ぼく》はぐっと奥歯《おくば》をかみしめる。

ツバサ君《くん》も僕《ぼく》のほうを気《き》にしていたみたいだったけど、話《はな》すのをやめたりはしなかった。

「ふつうはそうなんだよ。ふつうは他《ほか》のだれかを助《たす》けることなんてしねえ。それよりも自《じ》分《ぶん》が優勝《ゆうしょう》してえって思《おも》ってる……あの女《おんな》みてえに、わざわざだれかのじゃまをしたいとまではいかねえけどよ」

そこでツバサ君《くん》は、ユウ君《くん》とヒナさんのほうを見《み》た。

言葉《ことば》にはしなかったけれど、二人《ふたり》ともツバサ君《くん》の言《い》っていることに共感《きょうかん》している部分《ぶぶん》があるんだろう。

「……ま、しかたねえか」

するとゲンキ君《くん》はそうつぶやいて、僕達《ぼくたち》に背中《せなか》をむけた。

「んじゃまあ、俺《おれ》一人《ひとり》でちょっと行《い》ってくるわ」

まるで、休《やす》み時間《じかん》にトイレに行《い》くような気軽《きがる》さで、ゲンキ君《くん》は教室《きょうしつ》からでていった。

もちろん、ゲンキ君《くん》がむかったのはトイレなんかじゃなくて、人体模型《じんたいもけい》がいるかもしれない音楽室《おんがくしつ》だ。

そうして、教室《きょうしつ》からゲンキ君《くん》がいなくなって、僕達《ぼくたち》4人《にん》が残《のこ》される。

「ちょ、ちょっと待《ま》ってよゲンキ君《くん》」

あわてて僕《ぼく》は、ゲンキ君《くん》を追《お》いかけようと教室《きょうしつ》から外《そと》にでる。

すぐに追《お》いかけたから、ゲンキ君《くん》はそれほど遠《とお》くには行《い》ってなかった。

「お、どうしたリク。ついてきてくれるのか？」

「そうじゃなくて……一人《ひとり》で行《い》く気《き》なの？」

「ツバサの言《い》ってることもわかるしな。無理強《むりじ》いはできねえよ」

「だったら、どうしてそこまでして助《たす》けにいこうとするのさ？」

自分《じぶん》で言《い》ってみて、なんだか変《へん》な感《かん》じがした。

僕自身《ぼくじしん》、この大会《たいかい》で2回《かい》、他《ほか》の参加者《さんかしゃ》を助《たす》けようとしている。

ケンイチロウ君《くん》とヒナさんを助《たす》けるために1回《かい》。

図書室《としょしつ》でユウ君《くん》を助《たす》けるために1回《かい》。

言《い》いわけさせてもらうと、あれはほとんど体《からだ》がかってに動《うご》いてやったようなことだ。

いまのゲンキ君《くん》みたいに、おちついた状態《じょうたい》でやったわけじゃない。

僕《ぼく》の質問《しつもん》に対《たい》して、ゲンキ君《くん》は笑《わら》いながらこう答《こた》えた。

「そりゃ、そっちのほうが楽《たの》しそうだからな」

「――っ」

「考《かんが》えてもみろよ。ケンイチロウが音楽室《おんがくしつ》のなかに逃《に》げこんで、絶体絶命《ぜったいぜつめい》のピンチになってるとする。そこに俺達《おれたち》がさっそうとかけつけるんだ。それだけでもおもしろそうじゃねえか」

まるで歌《うた》うような調子《ちょうし》で、ゲンキ君《くん》が言《い》った。

わくわくがおさえきれずに、声《こえ》がはずんでいる。その声《こえ》を聞《き》くだけで、本当《ほんとう》に楽《たの》しそうにしているっていうのが伝《つた》わってくる。

と、そこで僕《ぼく》は改《あらた》めてゲンキ君《くん》との勝負《しょうぶ》のことを思《おも》いだした。

『どっちが次《つぎ》のラストサバイバルをより楽《たの》しめるか』


僕《ぼく》はゲンキ君《くん》とそういう勝負《しょうぶ》をするために、この大会《たいかい》に参加《さんか》したんだ。

別《べつ》にいままでが楽《たの》しめてなかったとか、そういうことを言《い》うつもりはない。

つらいこととか、大変《たいへん》なことはあったけど、ふりかえってみればぜんぶいい思《おも》い出《で》だ。

じゃあ、ここでゲンキ君《くん》一人《ひとり》を行《い》かせたらどうなるか？

たぶん僕《ぼく》は後悔《こうかい》するんじゃないかって思《おも》う。

というか、ゲンキ君《くん》が僕《ぼく》の知《し》らないところでかってに脱落《だつらく》するっていうのがいやだった。

たとえばそれは、映画《えいが》のいいシーンを見逃《みのが》すようなものだ。

だからといって、なにも考《かんが》えないでゲンキ君《くん》についていっても、脱落《だつらく》する可能性《かのうせい》は高《たか》い。

さすがにそれはダメだ。

全力《ぜんりょく》をつくして脱落《だつらく》するならまだしも、なんの準備《じゅんび》もしないで脱落《だつらく》するのは、僕《ぼく》を助《たす》けてくれた朱堂《すどう》さんにも失礼《しつれい》だ。

だったら――

「ゲンキ君《くん》、ちょっと待《ま》ってて！」

「おいおいリク、こうやって話《はな》しているあいだにもケンイチロウは――」

「30秒《びょう》！」

と言《い》って、僕《ぼく》はすぐさま教室《きょうしつ》のなかに引《ひ》きかえす。

引《ひ》きかえして、イスに座《すわ》っているツバサ君《くん》のところに行《い》って、僕《ぼく》は言《い》った。

「ツバサ君《くん》、ついてきて！」

もちろん、それだけでついてきてくれるなら苦労《くろう》はしない。

ツバサ君《くん》はあきらかにとまどった様子《ようす》で僕《ぼく》の顔《かお》を見《み》ている。

「いや、あのな、リク。おまえ俺《おれ》の話《はなし》を――」

「願《ねが》いごとかなえるの、手伝《てつだ》ってあげるから！」

ツバサ君《くん》の言葉《ことば》にかぶせるように、僕《ぼく》は言葉《ことば》をつづける。

30秒《びょう》しかないんだ。もたもたしてられない。

「ツバサ君《くん》が優勝《ゆうしょう》したいのは、かなえたい願《ねが》いごとがあるからでしょ？　だから僕《ぼく》が優勝《ゆうしょう》したら、僕《ぼく》がその願《ねが》いごとをかなえてあげる」

ラストサバイバルで優勝《ゆうしょう》すれば、なんでも願《ねが》いをかなえてもらえる。

そしてそれは他《ほか》の人《ひと》の願《ねが》いごとであってもいい。現《げん》に僕《ぼく》は以前《いぜん》のラストサバイバルで優《ゆう》勝《しょう》したとき、それをやったことがある。

「……どうしておまえは、そこまで助《たす》けにいきたいんだよ？」

「このままだと、ゲンキ君《くん》との勝負《しょうぶ》に負《ま》けそうだから」

そう僕《ぼく》が言《い》うと、ツバサ君《くん》はぽかんと口《くち》をあけた。

僕《ぼく》だってそれだけでわかってもらえるとは思《おも》ってないけど、のんびりと説明《せつめい》するつもりもなかった。

「あと、ケンイチロウ君《くん》にもあやまりたいし、ゲンキ君《くん》がかってに脱落《だつらく》するのもいやだし、このまま教室《きょうしつ》のなかにいても……」

「わかった、わかった！　ついていけばいいんだろ、ついていけば！」

観念《かんねん》したようにツバサ君《くん》が声《こえ》をあげる。

「ったくよぉ。言《い》っておくけど、危《あぶ》なくなったらすぐ逃《に》げるからな俺《おれ》は！」

とかなんとか言《い》っているけど、一回《いっかい》引《ひ》きこんでしまえばあとはこっちのもんだ。

もちろん、危《あぶ》なくなったらツバサ君《くん》に助《たす》けてもらおうだなんて思《おも》ってないけど、いっしょにいてくれるだけでだいぶ心強《こころづよ》い。

あとはいそいでゲンキ君《くん》のところにもどらないと、と思《おも》ったときだった。

「ちょっと待《ま》って。僕達《ぼくたち》もいっしょに行《い》っていいかな？」

ふりかえると、そこにはユウ君《くん》とヒナさんが立《た》っていた。

「え、でも……」

「別《べつ》に、ツバサ君《くん》のお願《ねが》いを横《よこ》どりしようとは考《かんが》えてないよ。ただ、みんながそっちに行《い》くなら、いっしょに行《い》ったほうがいいかなって思《おも》っただけだからさ」

ユウ君《くん》の言葉《ことば》に、ヒナさんもうなずいている。

「……うん、じゃあ行《い》こう」

そう言《い》って、僕達《ぼくたち》はいそいでゲンキ君《くん》のところへもどる。

僕《ぼく》がみんなをつれてもどってきたのを見《み》て、ゲンキ君《くん》は満面《まんめん》の笑《え》みをうかべた。

「やるなリク。まさか全員《ぜんいん》つれてくるなんてよ。どんな手《て》ぇ使《つか》いやがった」

「ヒ・ミ・ツ。それより早《はや》く行《い》こう。時間《じかん》ないんでしょ？」

「おおよ。そんじゃまあ、ケンイチロウ救出隊《きゅうしゅつたい》、ただいま出動《しゅつどう》だ！」

そうして、僕達《ぼくたち》はケンイチロウ君《くん》のいる（と思《おも》われる）音楽室《おんがくしつ》にむかったんだ。

＊

状況《じょうきょう》を説明《せつめい》しておくと、まず音楽室《おんがくしつ》の扉《とびら》は防音扉《ぼうおんとびら》だった。

そしていま、その扉《とびら》を人体模型《じんたいもけい》があけようとしている。

それを僕達《ぼくたち》はろうかのかげからのぞき見《み》ていた。

「あー、まあ、これで音楽室《おんがくしつ》のなかにだれかがいるってことはわかったな……」

人体模型《じんたいもけい》に気《き》づかれないように、ツバサ君《くん》が小声《こごえ》でつぶやく。

「だけど……2体《たい》もいるよね？」

そしてそのあとで、ユウ君《くん》が追加《ついか》の説明《せつめい》を加《くわ》える。

ユウ君《くん》の言《い》うとおり、音楽室《おんがくしつ》の前《まえ》には1体《たい》じゃなくて、2体《たい》の人体模型《じんたいもけい》がいた。

ちなみにこのとき、腕時計《うでどけい》に表示《ひょうじ》されている残《のこ》りの人数《にんずう》は11人《にん》になっている。

「まあ、防音扉《ぼうおんとびら》だから多少《たしょう》は持《も》つだろうけど、ぶちこわされるのは時間《じかん》の問題《もんだい》だぜ？」

ツバサ君《くん》がそう言《い》って、ゲンキ君《くん》のほうを見《み》る。

ツバサ君《くん》にとっては、ここでゲンキ君《くん》があきらめてくれたほうがいいんだろう。

「だったら早《はや》めに助《たす》けねえといけねえな」

ただ、このていどでゲンキ君《くん》があきらめるんだったら、僕《ぼく》だってここまでついてこようとは思《おも》わなかった。

「つーか、助《たす》けるっていっても、具体的《ぐたいてき》にどうすりゃ助《たす》けたことになるんだよ？」

「ん？　どういうことだ？」

ツバサ君《くん》の言葉《ことば》にゲンキ君《くん》が首《くび》をかしげる。

そんなゲンキ君《くん》を見《み》て、ツバサ君《くん》が大《おお》きなため息《いき》をついた。

「あのな、音楽室《おんがくしつ》のやつらを外《そと》にだしても、危険《きけん》だってことには変《か》わりねえだろ？」

ツバサ君《くん》の言《い》っていることはもっともだ。

このまま僕達《ぼくたち》がなにもしないでいたら、音楽室《おんがくしつ》の扉《とびら》はやぶられるかもしれないけど、だからといってろうかにでたとしても安全《あんぜん》ってわけじゃない。

ある意味《いみ》、音楽室《おんがくしつ》のなかにいる子達《こたち》は、そこが安全《あんぜん》だって思《おも》って逃《に》げこんだんだ。だからもし、音楽室《おんがくしつ》の前《まえ》にいる人体模型《じんたいもけい》をなんとかしたとしても、なかにいる子達《こたち》が外《そと》にでてくるとはかぎらない。

それでも助《たす》けようとするのか？　とツバサ君《くん》は聞《き》いているようだった。

「それは俺達《おれたち》が考《かんが》えることじゃねえよ」

そんななか、あっさりとゲンキ君《くん》が言《い》った。

「残《のこ》りてえやつは残《のこ》らせてやる。逃《に》げてえやつは逃《に》がしてやる。その手助《てだす》けを俺達《おれたち》はいまからしてやるんだよ」

その言葉《ことば》を聞《き》いて、僕《ぼく》はようやくゲンキ君《くん》の考《かんが》えていることがわかった気《き》がした。

ゲンキ君《くん》にとって、結果《けっか》はあんまり重要《じゅうよう》じゃないんだ。

重要《じゅうよう》なのはそれまでの道《みち》のりで、最終的《さいしゅうてき》にどうなるのかは関係《かんけい》がない。

それが成功《せいこう》するか失敗《しっぱい》するかじゃなくて、やること自体《じたい》に意味《いみ》がある。

そういうことをゲンキ君《くん》は考《かんが》えているんだ。

「……でも、あのなかに本当《ほんとう》にケンイチロウ君《くん》がいるのかな？」

と、ユウ君《くん》がささやくように言《い》ったけど、それだってゲンキ君《くん》には関係《かんけい》がないんだろう。

でも、ゲンキ君《くん》に関係《かんけい》ないとしても、僕《ぼく》としてはなかにケンイチロウ君《くん》がいるのかどうかはけっこう重要《じゅうよう》だ。ツバサ君《くん》を説得《せっとく》するときにもちょっとふれたけど、できたらケンイチロウ君《くん》を助《たす》けたあとで、僕《ぼく》はケンカしそうになったことについてあやまりたいと思《おも》っている。

「ん？　じゃあ調《しら》べてみるか？」

ゲンキ君《くん》はそう言《い》ったけど、どうやって調《しら》べるんだろう？　と僕《ぼく》は思《おも》う。

少《すく》なくとも、近《ちか》くに音楽室《おんがくしつ》のなかをのぞけるような場所《ばしょ》はない。

と、そんなことを考《かんが》えていると、ゲンキ君《くん》が大《おお》きく息《いき》を吸《す》いこんだのが見《み》えた。

「ケン――」

いやな予感《よかん》がしたので、僕《ぼく》とツバサ君《くん》があわててゲンキ君《くん》の口《くち》をふさぐ。

ここで口《くち》を押《お》さえてなかったら、きっとゲンキ君《くん》は大声《おおごえ》でケンイチロウ君《くん》の名前《なまえ》を音楽《おんがく》室《しつ》にむかってさけんでいただろう。

人体模型《じんたいもけい》に気《き》がつかれたか？　と僕《ぼく》はろうかのかげで耳《みみ》をそばだてたけれど、こちらに近《ちか》づいてくる気配《けはい》はない。

「むぐ……むぐっ……んー！」

「……おい、ゲンキ。もしおまえがもう一回馬鹿《いっかいばか》な真似《まね》しようとしたら、俺《おれ》がすぐに人体《じんたい》模型《もけい》の前《まえ》にけりとばしてやるから覚悟《かくご》しとけ」

ゲンキ君《くん》の口《くち》を押《お》さえながら、ツバサ君《くん》がおどしをかけるように耳《みみ》もとでささやいた。

それが聞《き》こえたのかどうかはわからないけど、ゲンキ君《くん》は何回《なんかい》もツバサ君《くん》の体《からだ》をたたいてギブアップを伝《つた》えている。

「――っぷは……でもよツバサ。こうでもしねえとケンイチロウがなかにいるかどうかはわからねえぞ？」

「それよりも、俺達《おれたち》の声《こえ》が人体模型《じんたいもけい》に聞《き》こえたらどうなるのかわからねえのかおまえは？」

と、ツバサ君《くん》がそう言《い》ったとき、僕《ぼく》は「あっ」と声《こえ》をだしていた。

それを見《み》ていたヒナさんが、不思議《ふしぎ》そうに首《くび》をかしげる。

「リク君《くん》どうしたの？」

「あ、いや。大声《おおごえ》をだすっていうのも、人体模型《じんたいもけい》をおびきよせる手《て》のひとつかなって……」

「……それって、本気《ほんき》？」

「もちろん、それをするんだったら二手《ふたて》にわかれてからだけどね」

音楽室《おんがくしつ》はろうかの途中《とちゅう》にあるから、僕達《ぼくたち》のいるほうとは反対側《はんたいがわ》の場所《ばしょ》で声《こえ》をだせば、人体模型《じんたいもけい》はそっちのほうに行《い》くはずだ。

でも、さすがにぜんぶの人体模型《じんたいもけい》が行《い》くことはないだろう。

行《い》くとしても1体《たい》で、もう1体《たい》は音楽室《おんがくしつ》の前《まえ》に残《のこ》りつづけるはずだ。

じゃあ、そこでもういちど——今度《こんど》は僕達《ぼくたち》のいる場所《ばしょ》で大声《おおごえ》をだしたら？

もしそれで人体模型《じんたいもけい》が追《お》ってくるんだったら、音楽室《おんがくしつ》の前《まえ》の人体模型《じんたいもけい》はいなくなる。

もちろん、他《ほか》の人体模型《じんたいもけい》が集《あつ》まってくる可能性《かのうせい》もあるけど、それでも音楽室《おんがくしつ》のなかにいる子《こ》が外《そと》にでる時間《じかん》はかせげるはずだ。

「お？　どうしたリク？　いい作戦《さくせん》でも思《おも》いうかんだか？」

と、そのときゲンキ君《くん》が僕《ぼく》のほうを見《み》てにやりと笑《わら》う。

「えっと……」

正直僕《しょうじきぼく》は、この作戦《さくせん》をみんなに話《はな》すかどうか迷《まよ》った。

時間《じかん》をかければ、もっといい作戦《さくせん》を思《おも》いつくかもしれないと思《おも》ったからだ。

でも、このままなにもしないで音楽室《おんがくしつ》の扉《とびら》が突破《とっぱ》されるほうが僕《ぼく》はいやだった。

「……じゃあ、ざっくりとだけど説明《せつめい》するよ」

そうして僕《ぼく》は、いま考《かんが》えた作戦《さくせん》をみんなに説明《せつめい》する。

僕《ぼく》の作戦《さくせん》を聞《き》いたみんなの反応《はんのう》はさまざまだった。

ツバサ君《くん》は苦《にが》い表情《ひょうじょう》をうかべて、ヒナさんはちょっとなみだぐんで、ユウ君《くん》はあいかわらずなにを考《かんが》えているのかわからない表情《ひょうじょう》をうかべている。

そのなかでもちろん、ゲンキ君《くん》は笑《わら》っていた。

「はっはぁ、いいねぇ。そういうシンプルなのを俺《おれ》は待《ま》ってたんだ」

「シンプルっつーか、おおざっぱっつーか……」

そうツバサ君《くん》はつぶやいていたけれど、他《ほか》にいい考《かんが》えも思《おも》いうかばないらしい。

「よし、じゃあさっそくグループをきめようぜ。俺《おれ》といっしょに反対側《はんたいがわ》のろうかまでついてくるやつはいるか？」

そう言《い》って、ゲンキ君《くん》は僕達《ぼくたち》を見《み》まわした。

反対側《はんたいがわ》のろうかに行《い》くには、いちどここから移動《いどう》する必要《ひつよう》がある。

もちろんそれは、その途中《とちゅう》で他《ほか》の人体模型《じんたいもけい》に見《み》つかる可能性《かのうせい》もあるっていうことだ。

「じゃあ……いっしょに行《い》っていい？」

そんななか、手《て》をあげてくれたのはユウ君《くん》だった。

けれど、そんなユウ君《くん》を心配《しんぱい》？　して、ツバサ君《くん》が声《こえ》をかける。

「ユウ、だいじょうぶか？　ゲンキといっしょに行《い》くっていうことは、コイツの暴走《ぼうそう》にまきこまれるかもしれねえってことだぞ？」

「待《ま》てツバサ、それはどういう意味《いみ》だ？」

「言葉《ことば》どおりの意味《いみ》だよ。正直《しょうじき》、ユウがゲンキの暴走《ぼうそう》を止《と》められるとは思《おも》えねえからな」

「だったらツバサもついてくればいいだろ」

「人《ひと》の話《はなし》を聞《き》いてたか？　俺《おれ》はおまえの暴走《ぼうそう》にまきこまれたくないって言《い》ってるんだ」

「……」

そして、二人《ふたり》のあいだにみょうな沈黙《ちんもく》が流《なが》れる。

かんべんしてよ、と思《おも》いながら、僕《ぼく》は二人《ふたり》にはさまれて困《こま》っているユウ君《くん》にアドバイスをした。

「えーと、ユウ君《くん》。危《あぶ》なくなったらゲンキ君《くん》を見捨《みす》てて逃《に》げていいからね」

「あ、う、うん……」

とりあえず、そういう形《かたち》でグループがきまった。

そしてゲンキ君《くん》とユウ君《くん》は、ろうかの反対側《はんたいがわ》に行《い》くためにいちど僕達《ぼくたち》とわかれる。

そのあいだに、僕《ぼく》は腕時計《うでどけい》を操作《そうさ》して残《のこ》りの人数《にんずう》を確認《かくにん》した。

残《のこ》りはさっき腕時計《うでどけい》を見《み》たときと変《か》わらず11人《にん》だ。

もし、ケンイチロウ君《くん》をいれて音楽室《おんがくしつ》のなかに6人《にん》がいたとしたら、残《のこ》りは僕達《ぼくたち》ってことになる。

「あ、あれ？」

すると、音楽室《おんがくしつ》を見《み》はっていたヒナさんがそんな声《こえ》をだした。

どうしたんだろう？　と思《おも》って、僕《ぼく》とツバサ君《くん》がろうかのかげからのぞきこむ。

音楽室《おんがくしつ》の前《まえ》には、もちろん2体《たい》の人体模型《じんたいもけい》がいる。

だけどその人体模型達《じんたいもけいたち》は、なにもしていなかった。

さっきまで音楽室《おんがくしつ》の扉《とびら》をやぶろうとしていたのに、急《きゅう》に電池《でんち》がきれたようにそこに立《た》ちつくしている。

あきらめた？　と僕《ぼく》は一瞬《いっしゅん》思《おも》う。

でも、そんなかんたんにあきらめるわけない、と首《くび》を横《よこ》にふる。

じゃあいったい、あの人体模型達《じんたいもけいたち》はなにをしているのか。

「——っ」

その瞬間《しゅんかん》、僕《ぼく》の頭《あたま》のなかにおそろしい考《かんが》えが思《おも》いうかんだ。

ああそうだ。

あの人体模型達《じんたいもけいたち》は待《ま》っているんだ。

音楽室《おんがくしつ》のなかにかくれている子供達《こどもたち》が、扉《とびら》をあけるのを待《ま》っているんだ。

扉《とびら》をやぶろうとしていた音《おと》がとつぜん止《と》まったら、音楽室《おんがくしつ》の子達《こたち》はどう思《おも》うか？

たぶん、最初《さいしょ》はほっとする。

あきらめたんだと期待《きたい》する。

だけどその次《つぎ》に不安《ふあん》になる。

どうしてとつぜんあきらめたのか?

ひょっとして、ちがうところからはいってくるんじゃないのか?

もし音楽室《おんがくしつ》に窓《まど》があったら、そこからはいってくるかもしれない。

そういう状況《じょうきょう》になったら、音楽室《おんがくしつ》のなかの子《こ》はいったいどうするか?

おそらく、ろうかの様子《ようす》を見《み》ようとするはずだ。

もちろん、人体模型《じんたいもけい》がいる可能性《かのうせい》はある。

それがわかった上《うえ》で、外《そと》の様子《ようす》を確認《かくにん》しようとする。

人体模型《じんたいもけい》が本当《ほんとう》にいなくなっている可能性《かのうせい》もあるからだ。

いるかどうかわからない幻影《げんえい》にまどわされるより、いるならいる、いないならいないではっきりさせたほうが、気持《きも》ちとしては楽《らく》になる。

人体模型達《じんたいもけいたち》は、それをねらっているんだ。

あけないでくれ、と僕《ぼく》は思《おも》う。

あけるとしても、ゲンキ君達《くんたち》の準備《じゅんび》ができてからにしてくれ、と僕《ぼく》は願《ねが》う。

だけどそんな僕《ぼく》の願《ねが》いは、無意味《むいみ》だった。

かちゃ、と小《ちい》さな音《おと》が音楽室《おんがくしつ》から聞《き》こえてきた。

それでも人体模型達《じんたいもけいたち》は、むりやり扉《とびら》をあけようとはしない。

ちょうど音楽室《おんがくしつ》からは見《み》えない位置《いち》に立《た》って、だれかが顔《かお》をのぞかせるのを待《ま》っている。

初《はじ》めの音《おと》が聞《き》こえてから、しばらく時間《じかん》が経過《けいか》した。

そして外《そと》の様子《ようす》を確認《かくにん》するために、音楽室《おんがくしつ》の扉《とびら》がゆっくりとひらかれていく。

その瞬間《しゅんかん》、あいた扉《とびら》のすきまに、片方《かたほう》の人体模型《じんたいもけい》が手《て》をさしこんだ。


「うわあああああ！」


耳《みみ》をつんざくようなさけび声《ごえ》が、音楽室《おんがくしつ》から聞《き》こえてくる。

そして人体模型《じんたいもけい》は、そのまま一人《ひとり》の子《こ》をろうかに引《ひ》きずりだす。

「くそ、はなせ！　はなせぇ！」

その引《ひ》きずりだされた子《こ》の顔《かお》を見《み》たとき、僕《ぼく》は声《こえ》がでそうになった。

人体模型《じんたいもけい》につかまっていたのはケンイチロウ君《くん》だったからだ。

ろうかに引《ひ》きずりだされたあと、ケンイチロウ君《くん》は床《ゆか》にたおされて口《くち》をふさがれた。

一回《いっかい》されたからわかるけど、あれをされると体《からだ》に力《ちから》がはいらなくなる。

そのとき、もう1体《たい》の人体模型《じんたいもけい》は音楽室《おんがくしつ》の扉《とびら》に手《て》をいれて、さらにこじあけようとしていた。

どうすればいいか？　と、僕《ぼく》は考《かんが》える。

でも、考《かんが》えている時間《じかん》はそう多《おお》くない。

このままだと、ケンイチロウ君《くん》が――

そう思《おも》ったときだった。

「こ、こっちだ、ばかぁ！」

ヒナさんがろうかのかげから飛《と》びだして、人体模型《じんたいもけい》にむかってさけんでいた。

僕《ぼく》もツバサ君《くん》も、まさかヒナさんがそんなことをするなんて思《おも》っていなかった。

だけど人体模型《じんたいもけい》は、1体《たい》もこっちに近《ちか》づいてこない。

ヒナさんがさけんだとき、2体《たい》の人体模型《じんたいもけい》がこちらをむいたけれど、それも一瞬《いっしゅん》のことだった。

ケンイチロウ君《くん》を押《お》さえている人体模型《じんたいもけい》はそのままだったし、音楽室《おんがくしつ》の扉《とびら》をこじあけようとしている人体模型《じんたいもけい》もその作業《さぎょう》をやめようとはしなかった。

作戦《さくせん》が失敗《しっぱい》したことを知《し》り、ヒナさんの顔《かお》がさぁっ、と青《あお》ざめていくのがわかった。

でも、僕《ぼく》にとってそれはあたらしい発見《はっけん》だった。

姿《すがた》を見《み》せて大声《おおごえ》でさけんでも、人体模型《じんたいもけい》が追《お》ってこない。

それは、僕達《ぼくたち》は完全《かんぜん》に人体模型《じんたいもけい》から無視《むし》されているってことだ。

つまりいまこの瞬間《しゅんかん》だけは、人体模型《じんたいもけい》からこそこそかくれたり、びくびくおびえる必要《ひつよう》がないってことだ。

考《かんが》えるより先《さき》に、僕《ぼく》はケンイチロウ君《くん》を押《お》さえつけている人体模型《じんたいもけい》にむかってかけだしていた。

僕《ぼく》がかけだしても、人体模型達《じんたいもけいたち》はこちらを見《み》むきもしない。

そして僕《ぼく》は体《からだ》を低《ひく》くして、ケンイチロウ君《くん》を押《お》さえつけていた人体模型《じんたいもけい》に思《おも》いきりぶつかってやった。

つきとばす、とまではいかなかったけど、ケンイチロウ君《くん》の上《うえ》から人体模型《じんたいもけい》をどかすことはできた。

そのまま僕《ぼく》は、その人体模型《じんたいもけい》の手《て》をとる。

さっきまでケンイチロウ君《くん》の口《くち》を押《お》さえていたほうの手《て》だ。

それをむりやり、人体模型《じんたいもけい》の口《くち》に押《お》しあててやる。

人体模型《じんたいもけい》の手《て》で口《くち》をふさがれると、体《からだ》に力《ちから》がはいらなくなるのは僕《ぼく》も経験《けいけん》している。

くわしいことはわからないけど、たぶん人体模型《じんたいもけい》の手《て》にはそういう薬《くすり》かなにかがしこまれているんだろう。

人体模型《じんたいもけい》が暴《あば》れているのがわかる。

それでも僕《ぼく》は全体重《ぜんたいじゅう》をかけて口《くち》をふさいでやる。

すると、人体模型《じんたいもけい》がもう片方《かたほう》の手《て》で僕《ぼく》のえりをつかんできた。

このまま横《よこ》に引《ひ》っぱられたら、僕《ぼく》の体《からだ》なんてかんたんにはずされてしまう。

「させるかよ！」

だけどそのとき、ツバサ君《くん》が人体模型《じんたいもけい》の手《て》を、僕《ぼく》の体《からだ》から引《ひ》きはがしてくれた。

そしてツバサ君《くん》は人体模型《じんたいもけい》の腕《うで》をのばし、そこに自分《じぶん》の体重《たいじゅう》をかけた。

いくら大人《おとな》の力《ちから》でも――いくら化《ば》け物《もの》の力《ちから》でも、一回《いっかい》腕《うで》をのばして押《お》さえつけられたら、そうかんたんにははずせない。

そのあいだも、僕《ぼく》は人体模型《じんたいもけい》の口《くち》を押《お》さえつづける。

すると、しだいに人体模型《じんたいもけい》の力《ちから》がぬけていっているのがわかった。

そして、暴《あば》れていた人体模型《じんたいもけい》の動《うご》きが完全《かんぜん》に止《と》まる。

「やった……か？」

と、ツバサ君《くん》が安心《あんしん》した瞬間《しゅんかん》、僕達《ぼくたち》の体《からだ》が急《きゅう》に持《も》ちあげられた。

もう片方《かたほう》の――さっきまで音楽室《おんがくしつ》の扉《とびら》をこじあけようとしていた人体模型《じんたいもけい》が、僕達《ぼくたち》をつかみあげたのだ。


「があああああ！」

そのまま僕達《ぼくたち》は、足《あし》がういた状態《じょうたい》で壁《かべ》に押《お》しつけられる。

「おい、おめえら！」

そのとき、ツバサ君《くん》が音楽室《おんがくしつ》にむかってさけんだ。

「人体模型《じんたいもけい》を1体《たい》たおした！　逃《に》げるんだったらいますぐでて――むぐっ！」

言葉《ことば》の途中《とちゅう》で、僕《ぼく》とツバサ君《くん》の口《くち》がふさがれた。

自分達《じぶんたち》を助《たす》けろ、そういうことをツバサ君《くん》は言《い》わなかった。

ツバサ君《くん》が言《い》ったのは、音楽室《おんがくしつ》のなかの子達《こたち》を助《たす》けるための言葉《ことば》だ。

もちろん、外《そと》にでたって安全《あんぜん》なわけじゃない。

でも音楽室《おんがくしつ》のなかに閉《と》じこもっていたら、人体模型《じんたいもけい》がなかにはいってきたときにどうしようもなくなる。

それを選《えら》ぶのは僕達《ぼくたち》じゃない。

それを選《えら》ぶのはあくまで音楽室《おんがくしつ》のなかにいる子達《こたち》だ。

その手助《てだす》けをするために、僕達《ぼくたち》はここまできたんだ。

だけど――音楽室《おんがくしつ》のなかからは、だれもでてはこなかった。

それはつまり、音楽室《おんがくしつ》のなかにいる子達《こたち》が全員《ぜんいん》それを選《えら》んだってことだ。

僕達《ぼくたち》がいくら助《たす》けようとしても、なかにいる子達《こたち》がそれに応《おう》じなかったら意味《いみ》がない。けっきょく僕《ぼく》がやったのは、ケンイチロウ君《くん》を助《たす》けて、人体模型《じんたいもけい》を1体《たい》たおしたってことだけだ。

じゅうぶんかな？　と僕《ぼく》は思《おも》う。

なんていったって、いままで逃《に》げていた人体模型《じんたいもけい》に立《た》ちむかっていったんだ。

それだけで、僕《ぼく》にとってはじゅうぶんだ。

体《からだ》に力《ちから》がはいらなくなって、意識《いしき》が遠《とお》くなってくる。

さすがにこれ以上《いじょう》は無理《むり》かな、と僕《ぼく》が思《おも》ったとき、人体模型《じんたいもけい》の体《からだ》ががくんとくずれた。

さっきまでたおれていたケンイチロウ君《くん》が、ろうかにはいつくばりながら、人体模型《じんたいもけい》のひざの裏《うら》にぶつかったからだ。

全身《ぜんしん》を使《つか》ったひざかっくんで、人体模型《じんたいもけい》のバランスがくずれる。

それと同時《どうじ》に、僕達《ぼくたち》の体《からだ》もろうかの上《うえ》に落《お》ちていった。

「がはっ！　はぁっ、はぁっ……」

ろうかに落《お》とされた衝撃《しょうげき》で、頭《あたま》のなかがくらくらする。

だけど、ここから逃《に》げるんだったら、いましかない。

「おまえら、こっちだ！」

そのとき、ろうかのむこう側《がわ》でゲンキ君《くん》がさけんでいるのが見《み》えた。

だけど、そこにいるのはゲンキ君《くん》だけで、いっしょにいたはずのユウ君《くん》の姿《すがた》がない。

どこに行《い》ったんだろう？　と思《おも》ったけど、それを気《き》にしているよゆうはなかった。

「……ったく、無茶《むちゃ》言《い》いやがるぜ」

僕達《ぼくたち》は、その場《ば》に立《た》ちあがってゲンキ君《くん》のもとへと走《はし》りだす。

ケンイチロウ君《くん》も、ヒナさんに肩《かた》をかつがれながら、なんとか前《まえ》に進《すす》もうとしている。

「があああ！」

けれど、僕達《ぼくたち》が走《はし》りだすのとほとんど同時《どうじ》に、ひざかっくんをされた人体模型《じんたいもけい》が立《た》ちあがった。

「いそげ、いそげ、いそげぇ！」

ゲンキ君《くん》の声《こえ》を聞《き》きながら、僕達《ぼくたち》は全力《ぜんりょく》で走《はし》る。

そうはいっても、体《からだ》に力《ちから》がはいらないから、どこか変《へん》な走《はし》り方《かた》になっているのがわかる。

いま、僕達《ぼくたち》の先頭《せんとう》を走《はし》っているのはツバサ君《くん》だ。

そのうしろをケンイチロウ君《くん》と、ヒナさんが走《はし》っている。

そして最後尾《さいこうび》が僕《ぼく》だ。

このままじゃあ追《お》いつかれる、と僕《ぼく》は思《おも》った。

うしろはふりかえれないけど、人体模型《じんたいもけい》がどんどん近《ちか》づいているのがわかる。

……もういちど、あれをするか？　と僕《ぼく》は思《おも》った。

最初《さいしょ》にケンイチロウ君達《くんたち》を助《たす》けるためにやった、わざと立《た》ち止《ど》まる、あれだ。

けど、もしあれをやったら僕《ぼく》はもう立《た》ちあがれなくなるだろう。

しかもあれはかなり痛《いた》いから、できることならやりたくない。

じゃあどうするか、と僕《ぼく》は思《おも》う。

でも、どうするかなんて初《はじ》めからきまっている。

全力《ぜんりょく》で走《はし》る。これしかない。

それでも、人体模型《じんたいもけい》との距離《きょり》がどんどん縮《ちぢ》まっているのがわかる。

それでも僕《ぼく》は、止《と》まらない。

止《と》まれない。

止《と》まってたまるか。

そう思《おも》ったときだった。


「いまだ、ユウ！」


ゲンキ君《くん》がさけんだ。

さけんだ瞬間《しゅんかん》、ごっ、という重苦《おもくる》しい音《おと》が、うしろから聞《き》こえてきた。

なにか重《おも》いものがろうかにたおれたような、そんな音《おと》だ。

その音《おと》を聞《き》いて、おもわず僕《ぼく》はふりかえってしまう。

するとそこには、ろうかにたおれた人体模型《じんたいもけい》と、足《あし》をのばしているユウ君《くん》の姿《すがた》があった。

そこで僕《ぼく》はなにが起《お》きたのかを理解《りかい》する。

ゲンキ君《くん》の合図《あいず》とともに、ろうかのかげにかくれていたユウ君《くん》が人体模型《じんたいもけい》をころばせたのだ。

ユウ君《くん》はすぐに僕達《ぼくたち》を追《お》いかけてきて、背中《せなか》を押《お》してくれる。
ころばされた人体模型《じんたいもけい》はまだ立《た》ちあがれそうにない。
「あ、ありがとう、ユウ君《くん》」
と、僕《ぼく》がそう言《い》ったとき、信《しん》じられない光景《こうけい》が目《め》に飛《と》びこんできた。
またあたらしい人体模型《じんたいもけい》の集団《しゅうだん》が、僕達《ぼくたち》のはるか後方《こうほう》にあらわれたのだ。
だけどその人体模型達《じんたいもけいたち》は僕達《ぼくたち》を追《お》ってこようとはせず、音楽室《おんがくしつ》の前《まえ》で立《た》ち止《ど》まった。
それからなにが起《お》きるかなんて、考《かんが》えなくてもわかった。
さっき以上《いじょう》の人体模型《じんたいもけい》が音楽室《おんがくしつ》の前《まえ》にいるのだ。
音楽室《おんがくしつ》のなかにいる子《こ》は、もう逃《に》げられない。
扉《とびら》をやぶられるのだって、時間《じかん》の問題《もんだい》だ。
そうして僕達《ぼくたち》はその場《ば》から逃《に》げていく。

サバイバル鬼《おに》ごっこ、残《のこ》りは6人《にん》——つまり、僕達《ぼくたち》だけになった。

4 全《ぜん》身《しん》全《ぜん》霊《れい》全《ぜん》力《りょく》ダッシュ！

出場《しゅつじょう》有力《ゆうりょく》選手《せんしゅ》

〈優勝《ゆうしょう》まで残《のこ》り6人〉

夜《よる》の学校《がっこう》のろうかを、僕達《ぼくたち》は走《はし》っている。

先頭《せんとう》をゲンキ君《くん》が走《はし》っていて、そのうしろにツバサ君《くん》、ケンイチロウ君《くん》、ヒナさん、ユウ君《くん》、そして僕《ぼく》とつづいている。

なんだか見覚《みおぼ》えのある光景《こうけい》だな、と僕《ぼく》は思《おも》う。

大会《たいかい》の最初《さいしょ》のほう――朱堂《すどう》さんに助《たす》けられて逃《に》げたときも、たしかこんな感《かん》じだった。

あのときとちがうのは、ソウタ君《くん》がいないことと、ヒナさんがケンイチロウ君《くん》に肩《かた》をかしていることだ。

「待《ま》て……」

と、そのとき、ケンイチロウ君《くん》が弱々《よわよわ》しい声《こえ》でつぶやいた。

先頭《せんとう》を走《はし》っていたゲンキ君達《くんたち》にもその声《こえ》は聞《き》こえたらしく、徐々《じょじょ》に走《はし》るスピードをゆるめていく。

「どうしたケンイチロウ？　もう限界《げんかい》か？」

ケンイチロウ君《くん》をからかうようにゲンキ君《くん》が笑《わら》った。

ケンイチロウ君《くん》はヒナさんの肩《かた》から手《て》をはなしたあとで、必死《ひっし》に呼吸《こきゅう》を整《ととの》えている。

「……なんで、助《たす》けた？」

そう言《い》ったケンイチロウ君《くん》の目《め》は、ゲンキ君《くん》じゃなくて僕《ぼく》のほうにむけられていた。

「今回《こんかい》だけじゃない。俺《おれ》が助《たす》けられたのはこれで2回目《かいめ》だ」

ケンイチロウ君《くん》は険《けわ》しい表情《ひょうじょう》をうかべながらそう言《い》った。

ここで僕《ぼく》が『ゲンキ君《くん》との勝負《しょうぶ》に勝《か》ちたかったから』と言《い》っても、ケンイチロウ君《くん》は納《なっ》得《とく》しないだろう。

同《おな》じように『ケンイチロウ君《くん》にあやまりたかったから』と言《い》っても、きっと納得《なっとく》してくれない。

それは今回助《こんかいたす》けた理由《りゆう》であって、1回目《かいめ》に助《たす》けたときの理由《りゆう》にはならないからだ。

だったらどうして僕《ぼく》は1回目《かいめ》のとき、ケンイチロウ君達《くんたち》を助《たす》けたんだろうか？

そう考《かんが》えたとき、ふと頭《あたま》のなかにひとつの理由《りゆう》が思《おも》いうかんだ。

ああそうだ。

自分《じぶん》でも気《き》がつかなかったけど、ひょっとしたらそういう理由《りゆう》だったのかもしれない。

「……朱堂《すどう》さんが、そうしたからね」

そう僕《ぼく》が言《い》ったとき、ケンイチロウ君《くん》がおどろいたように目《め》を見《み》ひらいた。

「朱堂《すどう》が？」

「うん、ケンイチロウ君達《くんたち》は気《き》がつかなかったかもしれないけど、最初《さいしょ》の人体模型《じんたいもけい》があられたとき、朱堂《すどう》さんが教室《きょうしつ》のなかで体《からだ》をはって止《と》めてくれてたんだよ。だから僕達《ぼくたち》はあのとき逃《に》げられたんだ」

「……っ」

僕《ぼく》の話《はなし》を聞《き》いたケンイチロウ君《くん》が、ぐっと息《いき》をのむ。

それでも僕《ぼく》はできるだけ笑顔《えがお》で話《はなし》をつづけた。

「そんな顔《かお》しないでよ。それより、そのあとのことでケンイチロウ君達《くんたち》にあやまりたかったんだ。本当《ほんとう》だったら、ソウタ君《くん》にもあやまりたかったんだけど……」

と、僕《ぼく》が言《い》うと、ケンイチロウ君《くん》があわてて口《くち》をひらいた。

「な、なんでおまえがあやまるんだよ。そんな事情《じじょう》があったっていうなら、あやまるのはこっちだろ？」

「だけどそのとき説明《せつめい》しなかった僕《ぼく》も悪《わる》いんだよ。ちゃんと説明《せつめい》してたら、二人《ふたり》ともわ

かってくれてただろうし……だから、ごめんね」

「……俺《おれ》のほうこそ無神経《むしんけい》なこと言《い》っちまって、悪《わる》かった」

「うん、じゃあこれで仲直《なかなお》り」

そう言《い》って、僕《ぼく》はケンイチロウ君《くん》に右手《みぎて》をさしだす。

ケンイチロウ君《くん》は一瞬《いっしゅん》とまどったようだったけど、照《て》れくさそうに笑《わら》いながら僕《ぼく》の手《て》をにぎってくれた。

「……ようやく納得《なっとく》できた」

僕《ぼく》の手《て》をにぎりながら、ケンイチロウ君《くん》がそんなことをつぶやく。

「なにが？」

「おまえが2回《かい》も、この大会《たいかい》で優勝《ゆうしょう》したことについてだよ」

そう言《い》われたとき、僕《ぼく》はおもわず体《からだ》に力《ちから》がはいった。

けれどケンイチロウ君《くん》は、そんな僕《ぼく》を見《み》てどこか満足《まんぞく》したように笑《わら》っている。

「かなわねえよなぁ、おまえみたいなやつがいるんだからよ……」

それは、あきらめの笑《え》みだった。

ケンイチロウ君《くん》がラストサバイバルに参加《さんか》したのは、今回《こんかい》が初《はじ》めてじゃない。

前回《ぜんかい》も前々回《ぜんぜんかい》もでてるから、今回《こんかい》で3回目《かいめ》の参加《さんか》になる。

もちろんそれは、なにかかなえたい願《ねが》いごとがあったからだろう。

そうじゃなかったら、この大会《たいかい》に何回《なんかい》も参加《さんか》する理由《りゆう》がない。

でもケンイチロウ君《くん》は、その願《ねが》いごとをあきらめたような笑《え》みをうかべている。

ちがうんだ、と僕《ぼく》は言《い》いたかった。

勝《か》ちをゆずってほしくて、僕《ぼく》はケンイチロウ君《くん》を助《たす》けたんじゃない。

願《ねが》いごとをあきらめさせるために、僕《ぼく》はケンイチロウ君《くん》にあやまったんじゃない。

——そう思《おも》ったときだった。

「おいおいどうしたケンイチロウ。まさかとは思《おも》うが、勝負《しょうぶ》を投《な》げる気《き》じゃねえだろうな」

ゲンキ君《くん》が、そう言《い》いながらケンイチロウ君《くん》の背中《せなか》をたたいた。

背中《せなか》をたたかれたケンイチロウ君《くん》はバランスを少《すこ》しくずしながら、ゲンキ君《くん》のほうをふりむく。

「たしかにリクはすげえやつだけどよ。だからっつって、勝負《しょうぶ》となったら話《はなし》は別《べつ》だぜ？」

そう言《い》いながら、ゲンキ君《くん》はケンイチロウ君《くん》のことを正面《しょうめん》から見《み》すえる。

笑《わら》ってはいるけれど、目《め》つきは真剣《しんけん》そのものだ。

「どうしてもかなえたい願《ねが》いがあるんだろ？　だったらえんりょはいらねえ。正面《しょうめん》からぶつかっていって、リクなんかぶっとばしちまえよ」

ぶっとばしちまえ、っていう言葉《ことば》がなんだかすごくゲンキ君《くん》らしくて、僕《ぼく》はおもわず笑《わら》ってしまった。もちろん、それでぶっとばされるのは僕《ぼく》のほうなんだけど、変《へん》に気《き》をつかわれるよりはそっちのほうが気《き》が楽《らく》だ。

ゲンキ君《くん》の言葉《ことば》にあきらかに困惑《こんわく》するケンイチロウ君《くん》だったけれど、それにとどめをさすようにゲンキ君《くん》がつづけた。

「それにあれだ、なんだったら俺《おれ》がケンイチロウの願《ねが》いをかなえてやるからよ」

「……は？」

聞《き》きまちがいか、というようにケンイチロウ君《くん》が固《かた》まった。

だけど、ゲンキ君《くん》にとってはこれが平常運転《へいじょううんてん》だ。

「まあ、それにしたって俺《おれ》が優勝《ゆうしょう》したらの話《はなし》だけどな」

ゲンキ君《くん》は他《ほか》の参加者《さんかしゃ》とちがって、楽《たの》しむためだけにこの大会《たいかい》に参加《さんか》しているから、優《ゆう》勝《しょう》してかなえたい願《ねが》いっていうのは特《とく》にない。

信《しん》じられない、というようにケンイチロウ君《くん》がゲンキ君《くん》のほうを見《み》ている。

あきらめていたチャンスが、目《め》の前《まえ》に落《お》ちてきた。そんな表情《ひょうじょう》だ。

それでも、ケンイチロウ君《くん》は首《くび》を横《よこ》にふった。

「……いや、悪《わる》いけど、そこまでしてもらうわけにはいかねえ」

「なんだよ、えんりょすることはねえんだぜ？」

「本当《ほんとう》だったら、頭《あたま》さげてでもお願《ねが》いしてえところなんだけどよ……でも、それは俺《おれ》だけじゃねえだろ？」

そう言《い》って、ケンイチロウ君《くん》はヒナさん達《たち》のほうをむく。

その視線《しせん》を受《う》けて、ヒナさんは体《からだ》をびくりとふるわせたけど、それでも目《め》をそらすことはしなかった。

かなえたい願《ねが》いがあるっていうのは、ケンイチロウ君《くん》だけじゃない。

ヒナさんも、ユウ君《くん》も、かなえたい願《ねが》いがあってこの大会《たいかい》に参加《さんか》している。

「俺《おれ》だけズルはできねえよ」

ケンイチロウ君《くん》の言葉《ことば》を聞《き》いて、ゲンキ君《くん》がうれしそうな声《こえ》で笑《わら》った。

「はっはぁ、だったらしかたねえな」

その一方《いっぽう》で、ケンイチロウ君《くん》の話《はなし》を聞《き》いていたツバサ君《くん》が、なんだか渋《しぶ》い表情《ひょうじょう》をうかべていた。

そういえば僕《ぼく》は、ケンイチロウ君《くん》を助《たす》けにいく前《まえ》に『僕《ぼく》が優勝《ゆうしょう》したらツバサ君《くん》の願《ねが》いを代《か》わりにかなえてあげる』っていう約束《やくそく》をツバサ君《くん》としている。

つまりいま、ケンイチロウ君《くん》が断《ことわ》ったことを、僕達《ぼくたち》はやろうとしているってことになる。

「……おいリク、あの約束《やくそく》は忘《わす》れていいぞ」

すると、ツバサ君《くん》は僕《ぼく》にむかってそんなことを言《い》ってきた。

「え？　いいの？」

「……いいんだよ。こいつらが覚悟《かくご》きめてんのに、俺《おれ》だけそんな真似《まね》できるか」

「えっと、だったら僕《ぼく》が優勝《ゆうしょう》したときはどうすれば……」

「知《し》るか！　ンなもん自分《じぶん》で考《かんが》えろ！」

そう言《い》って、ツバサ君《くん》は近《ちか》くの壁《かべ》をけりつける。

そんなにいやなら断《ことわ》らなきゃいいのに、と思《おも》うんだけど、ツバサ君《くん》にはツバサ君《くん》なりのプライドがあるんだろう。

「さてと、のんびり話《はな》すのもここまでだな」

そのときゲンキ君《くん》が手《て》をたたいて、ろうかのむこう側《がわ》を指《ゆび》さした。

ゲンキ君《くん》の指《ゆび》の先《さき》では、10体《たい》ぐらいの人体模型《じんたいもけい》が、ひしめきあいながらゆっくりとこっちに近《ちか》づいてきている。

あれだけの人体模型《じんたいもけい》がいると、もう足止《あしど》めはできない。
かくれることもできないし、ましてや立《た》ちむかうこともできない。
僕達《ぼくたち》ができるのは、逃《に》げることだけだ。
「さて、ルールのおさらいでもしておくか」
そんななか、人体模型《じんたいもけい》の集団《しゅうだん》を指《ゆび》さしながら、ゲンキ君《くん》が僕達《ぼくたち》に言《い》った。
そう言《い》って、ゲンキ君《くん》は僕達《ぼくたち》を見《み》わたす。
「最後《さいご》まで逃《に》げきったやつの勝《か》ちだ」
その言葉《ことば》に、僕達《ぼくたち》はうなずく。
みんなの顔《かお》は笑《わら》っていた。
ああそうだ。
ケンイチロウ君《くん》を助《たす》けた理由《りゆう》がもうひとつあった。
勝《か》ちをゆずってほしかったんじゃない。
願《ねが》いごとをあきらめさせたかったんじゃない。
僕《ぼく》はこうしてみんなと楽《たの》しみたかったんだ。

そうして、サバイバル鬼《おに》ごっこ――最後《さいご》の戦《たたか》いが始《はじ》まった。

*

学校《がっこう》のろうかを走《はし》るのは、これで最後《さいご》にしようと僕《ぼく》は思《おも》った。
もしこの瞬間《しゅんかん》、足《あし》がもつれてころんでしまったら大変《たいへん》なことになるからだ。
それでも僕《ぼく》は、立《た》ち止《ど》まろうとは思《おも》わなかった。
だって立《た》ち止《ど》まっちゃったら、この楽《たの》しい時間《じかん》が終《お》わってしまうからだ。
僕達《ぼくたち》はいま、人体模型《じんたいもけい》の集団《しゅうだん》に追《お》いかけられている。
ふざけているわけでもなんでもない。
理科室《りかしつ》とか保健室《ほけんしつ》とかに置《お》いてある、あの人体模型《じんたいもけい》から、僕達《ぼくたち》はいま逃《に》げている。
つかまらないように、追《お》いつかれないように、僕達《ぼくたち》は全力《ぜんりょく》で走《はし》っている。
全員《ぜんいん》で逃《に》げきる――そういうことはできない。

最後《さいご》の一人《ひとり》になるまで、僕達《ぼくたち》は走《はし》りつづけなくちゃいけない。

それがこの大会《たいかい》のルールだからだ。

一番前《いちばんまえ》を走《はし》っている子《こ》がろうかをまがれば、僕達《ぼくたち》もそのあとにつづく。

固《かた》まって走《はし》りたいわけじゃない。

ただ、ろうかをまがるか、まっすぐ行《い》くかで迷《まよ》う時間《じかん》がないだけだ。

もし、まがった先《さき》に人体模型《じんたいもけい》が待《ま》ちかまえていたらアウトだ。

そうなったら、先頭《せんとう》を走《はし》っていた子《こ》が真《ま》っ先《さき》に脱落《だつらく》する。

だからといって走《はし》るスピードをゆるめれば、うしろから追《お》いかけてくる人体模型達《じんたいもけいたち》につかまってしまう。

足《あし》が速《はや》いだけでもダメだし、おそすぎてもダメだ。

こんな状況《じょうきょう》だっていうのに、なんだかすごくわくわくしている自分《じぶん》がいる。

くらべあっているっていうのがわかる。

競《きそ》いあっているっていうのがわかる。

ゲンキ君《くん》と、ケンイチロウ君《くん》と、ユウ君《くん》と、ツバサ君《くん》と、ヒナさんと、僕《ぼく》と。

それだけしかいないのが、なんだかすごくもったいない気《き》がした。
もしここに朱堂《すどう》さんがいてくれたら。
もしここまでソウタ君《くん》が残《のこ》ってくれていたら。
もしカレンさんがひょっこりあらわれてくれたら。
どんなに楽《たの》しいだろう。
ミスターL《エル》がいてくれたっていい。
ミスターL《エル》はいまごろ、放送室《ほうそうしつ》のなかで僕達《ぼくたち》のことを見《み》ているんだろう。
そういえば大会《たいかい》が始《はじ》まる前《まえ》、ミスターL《エル》になにか言《い》われたっけな。
なんだったっけ？　と僕《ぼく》は思《おも》う。
思《おも》いながら、階段《かいだん》をかけあがる。
ああそうだ。『熱《ねつ》がない』って言《い》われたんだ。
僕《ぼく》のことを見《み》たあとで、ミスターL《エル》はそう言《い》ったんだ。
たしかに僕《ぼく》は今回《こんかい》の大会《たいかい》で優勝《ゆうしょう》しなくちゃいけない理由《りゆう》はない。
歩《ある》けない妹《いもうと》がいるわけじゃないし、お母《かあ》さんがたおれたっていうわけじゃない。

僕《ぼく》はこの大会《たいかい》に、楽《たの》しむために参加《さんか》している。
熱《ねつ》がない、って言《い》われたのはそれが原因《げんいん》なんだって思《おも》っていた。
他《ほか》の参加者《さんかしゃ》には優勝《ゆうしょう》したい理由《りゆう》があるのに、おまえはそういうのがないのか？
そう言《い》われたように感《かん》じた。
でも、それはちがう。
あのときの僕《ぼく》は、中途半端《ちゅうとはんぱ》だった。
本気《ほんき》でこの大会《たいかい》を楽《たの》しんでやろうっていう気持《きも》ちがたりなかった。
心《こころ》のなかでずっと、僕《ぼく》なんかがでていいのかなっていう気持《きも》ちがあった。
いまはどうか？
まったくない、と言《い》ったらうそになる。
僕《ぼく》なんかがここにいていいのかな？　っていう気持《きも》ちはいまもちょっとだけある。
でもそれ以上《いじょう》に、僕《ぼく》はこの大会《たいかい》を楽《たの》しんでやろうってきめたんだ。
心臓《しんぞう》が高鳴《たかな》る。
息苦《いきぐる》しさが声《こえ》をあげる。

それでも足《あし》は止《と》まることなく、前《まえ》へ前《まえ》へと進《すす》んでいく。
みんなはどうだろう？
ゲンキ君《くん》は？
ケンイチロウ君《くん》は？
ユウ君《くん》は？
ツバサ君《くん》は？
だけどそのとき、あれ？　と僕《ぼく》は思《おも》った。
ヒナさんはどこに行《い》ったんだ？
そう思《おも》って、僕《ぼく》はうしろをふりむきそうになった。
けれどそのとき、だれかにぐん、と背中《せなか》を押《お》された。
どうやらヒナさんは、僕《ぼく》のすぐうしろにいたらしい。
だけど、その手《て》のひらから伝《つた》わってくる力《ちから》はあまり強《つよ》くなかった。
ああそうか、と僕《ぼく》は思《おも》う。
ふりかえらないで、とそういうことだ。

わかったよ、と僕《ぼく》は心《こころ》のなかでうなずく。
そして、僕《ぼく》の背中《せなか》から手《て》がはなれた。
残《のこ》り５人《にん》。
少《すこ》しだけ、体《からだ》が軽《かる》くなった気《き》がする。
ヒナさんに背中《せなか》を押《お》されたからか？　と僕《ぼく》は思《おも》う。
これならまだいけそうだ。
そのいきおいで、僕《ぼく》はツバサ君《くん》をぬかしてやった。
けれどツバサ君《くん》は、特《とく》にスピードをあげたりはしなかった。
それどころか、ツバサ君《くん》のスピードが少《すこ》しずつ落《お》ちているような気《き》がする。
「手《て》をかしてあげようか？」と、ツバサ君《くん》のほうを見《み》る。
「いらねえよ」と、にらみかえされる。
声《こえ》にはだしていない。
声《こえ》にはださなかったけど、なにを言《い》っているのかは伝《つた》わってきた。
そのあいだも、ツバサ君《くん》のスピードはどんどん落《お》ちている。

人体模型《じんたいもけい》との距離《きょり》が縮《ちぢ》まっていっているのがわかる。
「じゃあ、先《さき》に行《い》くよ？」と僕《ぼく》は思《おも》った。
「さっさと行《い》きやがれ」とツバサ君《くん》の目《め》が語《かた》る。
そして僕《ぼく》は、もういちど前《まえ》をむきなおした。
残《のこ》り４人《にん》。
少《すこ》しみんなからおくれてしまった。
だから僕《ぼく》はスピードをあげる。
思《おも》ったよりも早《はや》くみんなに追《お》いついたから、僕《ぼく》はそのままユウ君《くん》を追《お》いこしてやった。
だけどユウ君《くん》は、僕《ぼく》に負《ま》けじとスピードをあげてきた。
そんなユウ君《くん》を見《み》て、僕《ぼく》はうれしくなる。
なにを考《かんが》えているかわからない。それがユウ君《くん》の第一印象《だいいちいんしょう》だった。
だけど実際《じっさい》に話《はな》してみて、少《すこ》しだけユウ君《くん》のことがわかった気《き》がする。
熱血《ねっけつ》、とまではいかないけど、意外《いがい》に負《ま》けずぎらいなところがある。
カレンさんはユウ君《くん》のことを人形《にんぎょう》みたいだって言《い》っていたけれど、そんなことはぜんぜんない。

そのとき、ユウ君《くん》の表情《ひょうじょう》に少《すこ》しだけ変化《へんか》があった。

それは、友達《ともだち》がいるのに、自分《じぶん》だけ早《はや》く帰《かえ》らなきゃいけないときにうかべる表情《ひょうじょう》だった。

もっと遊《あそ》びたいのに、もっと話《はな》したいのに、そういう気持《きも》ちがこっちにも伝《つた》わってくる。

僕《ぼく》だってそうだ。

ユウ君《くん》とは、まだまだ話《はな》してみたいことがある。

好《す》きな食《た》べ物《もの》は？　好《す》きなテレビ番組《ばんぐみ》は？　好《す》きなゲームは？　好《す》きな漫画《まんが》は？

だけど、そんな時間《じかん》は残《のこ》されていない。

じゃあね、と先《さき》に笑《わら》ったのはユウ君《くん》だった。

ぎこちなくほおをあげて、じゃあね、とユウ君《くん》は笑《わら》った。

引《ひ》きとめるわけにはいかなかった。

だから僕《ぼく》はユウ君《くん》のほうを見《み》て、じゃあね、と返《かえ》してやった。

残《のこ》り三人《にん》。

ゲンキ君《くん》、ケンイチロウ君《くん》、そして僕《ぼく》だ。

順番《じゅんばん》にならんでいるわけじゃなくて、ほとんど団子状態《だんごじょうたい》で僕達《ぼくたち》は走《はし》っている。
よくここまでついてこれたな、と僕《ぼく》は思《おも》う。
もしもここが学校《がっこう》のなかじゃなくて外《そと》だったら、完全《かんぜん》に引《ひ》きはなされていた。
外《そと》で走《はし》るのと室内《しつない》で走《はし》るのとでは、かってがちがう。
たとえばそれはぬかるんだ道《みち》を走《はし》ったり、坂道《さかみち》を走《はし》ったりするのと同《おな》じようなものだ。
単純《たんじゅん》な足《あし》の速《はや》さじゃない。
だから僕《ぼく》はここまでついてこれた。
でもさすがに、限界《げんかい》が近《ちか》づいている。
けど、それは僕《ぼく》だけじゃない。
ゲンキ君《くん》だってケンイチロウ君《くん》だって、同《おな》じぐらいきついはずだ。
そこで僕達《ぼくたち》は、まるで合図《あいず》でもしたかのように、同時《どうじ》に息《いき》を吸《す》いこんだ。
息《いき》を吸《す》いこんだあとで、ぎち、と奥歯《おくば》をかみしめる。
アクセル全開《ぜんかい》。
ラストスパート。

最後《さいご》の走《はし》り。
息《いき》を止《と》めて、僕達《ぼくたち》は走《はし》る。
もう吸《す》えない。
胸《むね》のなかにあるのがぜんぶだ。
ようやくここまできた。
ようやくここまでこれた。
ぜんぶを使《つか》って走《はし》る。
足《あし》を使《つか》って走《はし》る。
腕《うで》を使《つか》って走《はし》る。
筋肉《きんにく》を使《つか》って走《はし》る。
血液《けつえき》を使《つか》って走《はし》る。
体力《たいりょく》を使《つか》って走《はし》る。
心《こころ》を使《つか》って走《はし》る。
すりきれそうになる。

なくなりそうになる。
それでも僕《ぼく》は止《と》まらない。
残《のこ》り二人《ふたり》。
だれがいなくなった？
ゲンキ君《くん》か？
ケンイチロウ君《くん》か？
それとも僕《ぼく》か？
よくわからない。
そんなむずかしいこと聞《き》かないでくれ。
じゃあ、だれがいる？
僕《ぼく》のとなりにいるのはだれだ？
それぐらいだったらわかる。
僕《ぼく》のとなりにいるのはゲンキ君《くん》

だ。
あの笑顔《えがお》を見《み》ればすぐにわかる。
こんな状況《じょうきょう》だっていうのに、ゲンキ君《くん》は笑《わら》っている。
その笑顔《えがお》を見《み》るだけで、こっちも元気《げんき》になってくる。
それに負《ま》けないように僕《ぼく》も笑《わら》ってやる。
かみしめた奥歯《おくば》から、息《いき》がもれてきた。
これがぜんぶでたら、もう終《お》わりだ。
たぶん、もう1分《ぷん》も持《も》たない。
10秒《びょう》か20秒《びょう》か、それぐらいで限《げん》

界《かい》がくる。
つまり、この楽《たの》しい時間《じかん》もそれで終《お》わるってことだ。
いやだな、と僕《ぼく》は思《おも》う。
できることなら、もっとこうして遊《あそ》んでいたい。
そして、そのときがやってきた。
息《いき》をぜんぶはききって、終《お》わりのときがやってきた。
いやだ。
あと1歩《ぽ》。
あと1秒《びょう》。
ほんの少《すこ》しでいい。
その時間《じかん》も過《す》ぎる。
いやだ。
もう少《すこ》し。
あとちょっと。

そして、その時間《じかん》も過《す》ぎていく。
いくらわがままを言《い》っても、終《お》わらないことなんてない。
うん。
わかった。
わかったよ。
わかったからさ、
あと、
もう一回《いっかい》だけ——

＊

気《き》がつくと僕《ぼく》はうつぶせでたおれていた。
下《した》がかたいってことは、少《すく》なくともここはベッドの上《うえ》じゃない。
かたい床《ゆか》に手《て》をついて、僕《ぼく》はゆっくり立《た》ちあがる。

顔《かお》をあげると、薄暗《うすぐら》いろうかが目《め》の前《まえ》につづいていた。

ゲンキ君《くん》は？

そう思《おも》ってまわりを見《み》わたしても、だれもいない。

どうやら放送室《ほうそうしつ》の前《まえ》で僕《ぼく》はたおれていたらしい。

そしてその放送室《ほうそうしつ》の扉《とびら》がゆっくりとひらいて、なかからミスターL《エル》があらわれる。


「コングラッチュレーション！」


そうミスターL《エル》が言《い》うと同時《どうじ》に、薄暗《うすぐら》かったろうかの明《あ》かりが、もとの明《あか》るさにもどりはじめた。

とつぜんのことに目《め》がくらんだけど、そんな僕《ぼく》にかまわずミスターL《エル》は言葉《ことば》をつづける。

「桜井《さくらい》リク選手《せんしゅ》！　なんと3回連続《かいれんぞく》でラストサバイバル優勝《ゆうしょう》だ！」

優勝《ゆうしょう》、という言葉《ことば》を聞《き》いても僕《ぼく》はピンとこなかった。

僕《ぼく》が優勝《ゆうしょう》したってことは、最後《さいご》の最後《さいご》でゲンキ君《くん》が脱落《だつらく》したってことだ。

現実感《げんじつかん》がないのはいいとして、なんだか素直《すなお》に喜《よろこ》ぶことができない。

優勝《ゆうしょう》したっていうより、終《お》わってしまったっていう気持《きも》ちのほうが強《つよ》い。

「さありク君《くん》。お楽《たの》しみの願《ねが》いごとコーナーにうつろうか。今回《こんかい》、君《きみ》がかなえてほしい願《ねが》いごとはいったいなにかな？」

願《ねが》いごとって言《い》われても、僕《ぼく》はすぐに答《こた》えることができなかった。

本当《ほんとう》だったら、ツバサ君《くん》の願《ねが》いごとをかなえる約束《やくそく》だったんだけど、その約束《やくそく》はツバサ君本人《くんほんにん》に断《ことわ》られてしまっている。

じゃあケンイチロウ君《くん》の願《ねが》いごとでもかなえようかな？　とも思《おも》う。

具体的《ぐたいてき》な内容《ないよう》はわからないけど『ケンイチロウ君《くん》の願《ねが》いごとをかなえてあげてください』って言《い》えば、たぶんそれでいいだろう。

でも、それはそれでまずい気《き》がする。だったら、ヒナさんとかユウ君《くん》の願《ねが》いごともかなえてあげないといけない。

できることなら、全員分《ぜんいんぶん》の願《ねが》いをかなえてあげたいけど、さすがにそれは無理《むり》だろう。

そう考《かんが》えたとき、ふとひとつの考《かんが》えが思《おも》いうかんだ。

もしかしてこの方法《ほうほう》なら、全員分《ぜんいんぶん》の願《ねが》いをかなえてあげることができるかもしれない。

そのためにはまず、確認《かくにん》しておきたいことがあった。

「えっと、その前《まえ》にひとつ質問《しつもん》してもいいですか？」

「先《さき》に言《い》っておくけど、願《ねが》いを増《ふ》やしてほしいっていうのはダメだからね」

ああ、そういうのもあるのか、と僕《ぼく》は思《おも》う。

だけど、僕《ぼく》が聞《き》きたかったのはそんなことじゃない。

「次《つぎ》のラストサバイバルはいつですか？」

「――」

そう僕《ぼく》が聞《き》いたとき、ミスターL《エル》にしてはめずらしく固《かた》まってしまった。

僕《ぼく》の勘《かん》ちがいじゃなければ、たぶんそのときのミスターL《エル》はおどろいていた。

そんなにおどろくようなことだったかな？　と僕《ぼく》が不安《ふあん》になっていると、ミスターL《エル》がゆっくりと口《くち》をひらいた。

「……リク君《くん》。わかってるとは思《おも》うんだけれど、一年《ねん》に3回《かい》もラストサバイバルを開催《かいさい》するのは今年《ことし》が初《はじ》めてなんだ。しかも、前回《ぜんかい》の出場者《しゅつじょうしゃ》を集《あつ》めてやるっていうのはね。だから、いまの段階《だんかい》では次《つぎ》がいつかっていうのは答《こた》えることができない。そもそも、やるかどうかもわからないからね」

つまり、次《つぎ》のラストサバイバルの予定《よてい》はまだきめてないってことだ。

うん、それがわかればじゅうぶんだ。

「じゃあ、もう1回《かい》ラストサバイバルを開催《かいさい》してもらっていいですか？」

そう僕《ぼく》が言《い》うと、またしてもミスターL《エル》は固《かた》まってしまった。

「あ、やっぱり1回《かい》じゃなくて、これから毎月《まいつき》ラストサバイバルを開催《かいさい》してください。それが僕《ぼく》の願《ねが》いごとです」

もしラストサバイバルが毎月《まいつき》行《おこな》われるようになれば、願《ねが》いをかなえてもらえるチャンスが増《ふ》える。

もちろん、優勝《ゆうしょう》できるかどうかはわからないけど、それぐらいしないとおもしろくない。

「くっくっくっ……」

しばらくして、ミスターL《エル》が笑《わら》いはじめた。

そして次《つぎ》の瞬間《しゅんかん》、爆発《ばくはつ》したような笑《わら》い声《ごえ》が、ろうか中《じゅう》にひびきわたる。

「あーはっはっはっ！　さすがはリク君《くん》だ。君《きみ》は本当《ほんとう》に私《わたし》を楽《たの》しませてくれるよ！」

ミスターL《エル》がここまで笑《わら》っているのを見《み》るのは、これが初《はじ》めてだった。

でも、不思議《ふしぎ》と違和感《いわかん》はない。

大人《おとな》のくせに、だれよりも子供《こども》っぽい。

それが、僕《ぼく》がミスターL《エル》にいだいているイメージのひとつだからだ。

「わかったよリク君《くん》。君《きみ》のお願《ねが》いをかなえてあげよう。ただ、ひとつだけ条件《じょうけん》がある」

条件《じょうけん》、と聞《き》いて僕《ぼく》は少《すこ》し身構《みがま》える。


「君《きみ》が参加《さんか》すること」


ミスターL《エル》は笑《わら》いながら、僕《ぼく》に教《おし》えてくれた。

「それが条件《じょうけん》だ。もし今後《こんご》、君《きみ》が参加《さんか》を断《ことわ》ったりしたら、このお願《ねが》いはすぐに打《う》ちきらせてもらうよ」
それを聞《き》いて、僕《ぼく》は正直《しょうじき》、拍子《ひょうし》ぬけした。
今回《こんかい》の大会《たいかい》に参加《さんか》する前《まえ》の僕《ぼく》だったらともかく、いまの僕《ぼく》には参加《さんか》を断《ことわ》る理由《りゆう》はない。
その条件《じょうけん》を聞《き》いて、僕《ぼく》がうなずくと、ミスターL《エル》は大《おお》きく両手《りょうて》をひろげた。
「エクセレント！　それじゃあ、また会《あ》える日《ひ》を楽《たの》しみにしているよ！」
そうして、今回《こんかい》のサバイバル鬼《おに》ごっこは幕《まく》を閉《と》じたんだ。

ラストサバイバルから数日後《すうじつご》

ジリリリリリ
その日《ひ》の夕方《ゆうがた》、僕《ぼく》がリビングで漫画《まんが》を読《よ》んでいると、電話《でんわ》の音《おと》が鳴《な》りひびいた。

「ごめん、リクー、代《か》わりにでてー」

「はーい」

キッチンから聞《き》こえるお母《かあ》さんの声《こえ》に返事《へんじ》をしながら、僕《ぼく》は受話器《じゅわき》を手《て》にとった。

「はいもしもし、桜井《さくらい》です」

と言《い》った瞬間《しゅんかん》、なにかいやな予感《よかん》がして、僕《ぼく》はとっさに耳《みみ》から電話《でんわ》を遠《とお》ざける。

「おう！　リク！　俺《おれ》だ、ゲンキだ！」

電話《でんわ》を耳《みみ》から遠《とお》ざけたはずなのに、ふつうに声《こえ》が聞《き》こえてきた。

もし耳《みみ》にあてたままだったら、おそらくえらいことになってただろう。

「ああ、うんゲンキ君《くん》。どうしたの？」

そのあとで、僕《ぼく》はゆっくりと電話《でんわ》を耳《みみ》にあてた。

「どうしたもこうしたもねえよ。聞《き》いたぜリク、おまえ、この前《まえ》のラストサバイバルで優《ゆう》勝《しょう》したとき、すげえお願《ねが》いをしたそうじゃねえか」

すげえお願《ねが》いっていうのは、これから毎月《まいつき》ラストサバイバルを開催《かいさい》してくれっていうお願《ねが》いのことだろう。

もしかしたらゲンキ君《くん》は、ミスターL《エル》とか大会《たいかい》のスタッフからそのことを聞《き》いたのかもしれない。

「もし、次《つぎ》のラストサバイバルの招待《しょうたい》があったら、もちろんゲンキ君《くん》も参加《さんか》するよね？」

「あたりめーだろ！　いまから楽《たの》しみでしかたねえよ」

電話《でんわ》ごしだっていうのに、ゲンキ君《くん》の笑顔《えがお》が目《め》にうかんできた。

本当《ほんとう》に心《こころ》の底《そこ》から、ゲンキ君《くん》は次《つぎ》のラストサバイバルを楽《たの》しみにしているんだろう。

でも、楽《たの》しみにしているのは僕《ぼく》もいっしょだ。

「まあ、あれだ。それはそれとして、ちょっとアレのこと聞《き》きたかったんだよ」

「アレって……どれ？」

「アレだよアレ。『どっちが次《つぎ》のラストサバイバルをより楽《たの》しめるか』って勝負《しょうぶ》のことだよ」

そう言《い》われて、僕《ぼく》は「あ」と声《こえ》をだしていた。

たしかに僕《ぼく》とゲンキ君《くん》とのあいだで、そういう勝負《しょうぶ》をしていたことは覚《おぼ》えている。

だけど、けっきょくどっちが勝《か》ったのかっていうのは、まだきめていなかったのだ。

「ええと、たしか『負《ま》けたほうが勝《か》ったほうの命令《めいれい》をなんでもひとつだけ聞《き》く』っていう約束《やくそく》だったよね」

「おう、そうだな。それで、勝敗《しょうはい》はリクがきめるってことになってたな」

「あ、やっぱりそのルールでいくんだ」

てっきり冗談《じょうだん》だと思《おも》っていたんだけど、どうやらゲンキ君《くん》は本気《ほんき》らしい。

「……」

と、言《い》われても僕《ぼく》はすぐには答《こた》えられなかった。

ここで『僕《ぼく》の勝《か》ちだよ』って言《い》うのはなんとなく気《き》が引《ひ》ける。

だからといって『ゲンキ君《くん》の勝《か》ちだよ』と言《い》うのもちょっといやだった。

こんなことなら、ツバサ君《くん》あたりにでもきめてもらうんだったな、と僕《ぼく》は思《おも》う。

「ゲンキ君《くん》はどう思《おも》うの？」

「少《すく》なくとも、負《ま》けたって気《き》はしねえな」

「うん、実《じつ》は僕《ぼく》も負《ま》けたって感《かん》じはしないんだよね」

正直《しょうじき》、大会《たいかい》の最初《さいしょ》のほうだけで言《い》ったらゲンキ君《くん》の圧勝《あっしょう》だったと思《おも》う。

でも、最後《さいご》の最後《さいご》でボーナス点《てん》がはいって、ゲンキ君《くん》を追《お》いこしたんじゃないかっていう感《かん》じもする。

「じゃあさ、次《つぎ》に持《も》ちこしにするっていうのはどう？」

次《つぎ》、という言葉《ことば》を言《い》ったとき、お腹《なか》の底《そこ》からなんだかこみあげてくるものがあった。

そうだ、あれで終《お》わりじゃないんだ。

僕達《ぼくたち》には、まだ次《つぎ》がある。

それできまらなかったら、その次《つぎ》がある、それでもきまらなかったら、さらに次《つぎ》がある。

心《こころ》ゆくまで、僕達《ぼくたち》はくらべあえる。楽《たの》しみあえる。

そう考《かんが》えると体《からだ》がふるえた。

想像《そうぞう》するだけで、わくわくが止《と》まらない。

「はっはぁ、いいぜ。次《つぎ》こそはぐうの音《ね》もでねえように楽《たの》しみぬいてやるよ」

持《も》ちこしにするっていう僕《ぼく》の言葉《ことば》に、ゲンキ君《くん》ものってくれた。

幸《しあわ》せだな、と僕《ぼく》は思《おも》う。

心《こころ》の底《そこ》からくらべあって、心《こころ》の底《そこ》から楽《たの》しみあえる友達《ともだち》がいる。

ラストサバイバルになんか、でたくないって思《おも》っていたはずなのに、いまではまちどおしくてたまらない。

そうして僕達《ぼくたち》は、おたがいのお母《かあ》さんにしかられるまで、ずっと笑《わら》いあっていた。

03

集英社みらい文庫

生《い》き残《のこ》りゲーム
ラストサバイバル
つかまってはいけないサバイバル鬼《おに》ごっこ

大久保開《おおくぼひらく》 作
北野詠一《きたのえいいち》 絵

ファンレターのあて先
〒101-8050 東京都千代田区一ツ橋2-5-10 集英社みらい文庫編集部
いただいたお便りは編集部から先生におわたしいたします。

2018年 3月28日 第1刷発行
2020年12月23日 第8刷発行

発行者 北畠輝幸
発行所 株式会社 集英社
〒101-8050 東京都千代田区一ツ橋2-5-10
電話 編集部 03-3230-6246
読者係 03-3230-6080
販売部 03-3230-6393（書店専用）
http://miraibunko.jp
装丁 諸橋藍 中島由佳理
印刷 図書印刷株式会社 凸版印刷株式会社
製本 図書印刷株式会社

★この作品はフィクションです。実在の人物・団体・事件などにはいっさい関係ありません。

ISBN978-4-08-321425-7 C8293 N.D.C.913 188P 18cm

教室は何かがちがう!!!!

小《しょう》6の仙道《せんどう》ヒカルは目《め》ざめると教室《きょうしつ》にいた。
問題《もんだい》に正解《せいかい》しなければ、永遠《えいえん》にでられない――迷宮教室《めいきゅうきょうしつ》。
ここでは学校《がっこう》で教《おし》えてくれない「恐怖《きょうふ》の授業《じゅぎょう》」が行《おこな》われる。
7人《にん》の同級生《どうきゅうせい》と力《ちから》を合《あわ》せてヒカルはここからでられるか!?

学校《がっこう》、教室《きょうしつ》、先生《せんせい》、テスト… この
集英社みらい文庫
迷宮教室
出口のない悪魔小学校
あいはらしゅう 作
肘原えるぼ 絵
第《だい》1弾《だん》 出口《でぐち》のない悪魔小学校《あくましょうがっこう》
迷宮教室
最悪な先生と最高の友達
あいはらしゅう 作
肘原えるぼ 絵
第《だい》2弾《だん》 最悪《さいあく》な先生《せんせい》と最高《さいこう》の友達《ともだち》
集英社みらい文庫
迷《めい》宮《きゅう》教《きょう》室《しつ》
あいはらしゅう 作
肘原えるぼ 絵
終わらない呪いと止まらない想い
第《だい》3弾《だん》 終《お》わらない呪《のろ》いと止《と》まらない想《おも》い
あいはらしゅう・作 肘原《ひじはら》えるぼ・絵
迷《めい》宮《きゅう》教《きょう》室《しつ》
好《こう》評《ひょう》発《はつ》売《ばい》中《ちゅう》!!!

「みらい文庫《ぶんこ》」読者《どくしゃ》のみなさんへ

言葉《ことば》を学《まな》ぶ、感性《かんせい》を磨《みが》く、創造力《そうぞうりょく》を育《はぐく》む……、読書《どくしょ》は「人間力《にんげんりょく》」を高《たか》めるために欠《か》かせません。たった一枚《いちまい》のページをめくる向《む》こう側《がわ》に、未知《みち》の世界《せかい》、ドキドキのみらいが無限《むげん》に広《ひろ》がっている。これこそが「本《ほん》」だけが持《も》っているパワーです。

学校《がっこう》の朝《あさ》の読書《どくしょ》に、休《やす》み時間《じかん》に、放課後《ほうかご》に……。いつでも、どこでも、すぐに続《つづ》きを読《よ》みたくなるような、魅力《みりょく》に溢《あふ》れる本《ほん》をたくさん揃《そろ》えていきたい。読書《どくしょ》がくれる、心《こころ》がきらきらしたり胸《むね》がきゅんとする瞬間《しゅんかん》を体験《たいけん》してほしい、楽《たの》しんでほしい。みらいの日本《にほん》、そして世界《せかい》を担《にな》うみなさんが、やがて大人《おとな》になった時《とき》、「読書《どくしょ》の魅力《みりょく》を初《はじ》めて知《し》った本《ほん》」「自分《じぶん》のおこづかいで初《はじ》めて買《か》った一冊《いっさつ》」と思《おも》い出《だ》してくれるような作品《さくひん》を一所懸命《いっしょけんめい》、大切《たいせつ》に創《つく》っていきたい。

そんないっぱいの想《おも》いを込《こ》めながら、作家《さっか》の先生方《せんせいがた》と一緒《いっしょ》に、私《わたし》たちは素敵《すてき》な本作《ほんづく》りを続《つづ》けていきます。「みらい文庫《ぶんこ》」は、無限《むげん》の宇宙《うちゅう》に浮《う》かぶ星《ほし》のように、夢《ゆめ》をたたえ輝《かがや》きながら、次々《つぎつぎ》と新《あたら》しく生《う》まれ続《つづ》けます。

本《ほん》を持《も》つ、その手《て》の中《なか》に、ドキドキするみらい――。

本《ほん》の宇宙《うちゅう》から、自分《じぶん》だけの健《すこ》やかな空想力《くうそうりょく》を育《そだ》て、〝みらいの星《ほし》〟をたくさん見《み》つけてください。

そして、大切《たいせつ》なこと、大切《たいせつ》な人《ひと》をきちんと守《まも》る、強《つよ》くて、やさしい大人《おとな》になってくれることを心《こころ》から願《ねが》っています。

2011年《ねん》 春《はる》

集英社《しゅうえいしゃ》みらい文庫《ぶんこ》編集部《へんしゅうぶ》